目录

话景

议游

编后

说园

园林美与昆曲美

正是江南大伏天气，院子里的鸣蝉从早叫到晚，邻居的录音机又是各逞其威。虽然小斋中的这盆建兰开得那么馥郁，然而"树欲静而风不止"。在无可奈何的情况下，我也只好"以毒攻毒"，开起了我们这些所谓"顽固分子"充满了"士大夫情趣"者所乐爱的昆曲来。"袅情丝，吹来闲庭院，摇漾春如线"。"朝飞暮卷，云霞翠轩"。"雨丝风片，烟波画船"。(《牡丹亭·游园》)幽扬的音节，美丽的辞藻，慢慢地从昆曲美引入了园林美，难得浮生半日闲，我也能自寻其乐，陶醉在我闲适的境界里。

我国园林，从明、清后发展到了成熟的阶段，尤其自明中叶后，昆曲盛行于江南，园与曲起了不可分割的关系。不但曲名与园林有关，而曲境与园林更互相依存，有时几乎曲境就是园境，而园境又同曲境。文学艺术的意境与园林是一致的，所谓不同形式表现而已。清代的戏曲家李渔又是个园林家。过去士大夫造园必须先建造花厅，而花厅又多以临水为多，或者再添水阁。花厅、水阁都是兼作顾曲之所，如苏州怡园藕香榭、网师园濯缨水阁等，水殿风来，余音绕梁，隔院笙歌，侧耳倾听，此情此景，确令人向往，勾起我的回忆。虽在溽暑，人们于绿云摇曳的荷花厅前，兴来一曲清歌，真有人间天上之感。当年俞平伯老先生们在清华大学工字门水边的曲会，至今还传为美谈，那时，朱自清先生亦在清华任教，他俩不少的文学作品，多少与此有关。

苏州拙政园的西部，过去名补园，有一座名"三十六鸳鸯馆"的花厅，它的结构，其顶是用"卷棚顶"，这种巧妙的形式，不但美观，可以看不到上面的屋架，而且对音响效果很好。原来主人张履谦先生，他既与画家顾若波等同布置"补园"，复酷嗜昆曲。俞振飞同志与其父亲粟庐先生皆客其家。俞先生的童年是成长在这园中。我每与俞先生谈及此事，他还娓娓地为我话说当年。

中国过去的园林，与当时人们的生活感情分不开，昆曲便是充实了园林内容的组成部分。在形的美之外，还有声的美，载歌载舞，因此在整个情趣上必须是一致的。从前拍摄"苏州园林"，及前年美国来拍摄"苏州"电影，我都建议配以昆曲音乐而成功的。昆曲的所谓"水磨调"，是那么的经过推敲，身段是那么细腻，咬字是那么准确，文辞是那么美丽，音节是那么抑扬，宜于小型的会唱与演出，因此园林中的厅榭、水阁，都是最好的表演场所，它不必如草台戏的那样用高腔，重以婉约含蓄移人，亦正如园林结构一样，"少而精"，"以少胜多"，耐人寻味。《牡丹亭·游园》唱词的"观之不足由他遣"。"观之不足"，就是中国园林精神所在，要含蓄不尽。如今国外自从"明轩"建成后，掀起了中国园林热，我想很可能昆曲热，不久也便会到来的。

昆曲之美，不仅仅在表演艺术，其文学、音韵、音乐，乃至一板一眼，皆经过了几百年的琢磨，确是我国文化的宝库。我记得在"文化革命"前，上海戏曲学校昆曲班，邀我去讲中国园林，有些人看来似乎是"笑话"，实则当时俞振飞校长真是有见地，演"游园""惊梦"的演员，如果他脑子中有了中国园林的境界，那他的一举一动，便不是无本之木，无源之水了，演来有感情，有生命，有声有色。梅兰芳、俞振飞诸老一辈的表演家，其能成一代宗师者，皆得之于戏剧之外的大量修养。我们有些人今天游园林，往往仅知吃喝玩乐，不解意境之美，似乎太可惜一点吧！

中国园林，以"雅"为主，"典雅""雅趣""雅致""雅淡""雅健"等等，莫不突出"雅"。而昆曲之高者，所谓必具书卷气，其本质一也，就是说，都要有文化，将文化具体表现在作品上。中国园林，有高低起伏，有藏有隐，有动观、静观，有节奏，宜细赏，人游其间的那种悠闲情绪，是一首诗，一幅画，而不是匆匆而来，匆匆而去，走马看花，到此一游；而是宜坐，宜行，宜看，宜想。而昆曲呢？亦正为此，一唱三叹，曲终而味未尽，它不是那种"崩擦擦"，而是十分宛转的节奏，今日有许多青年不爱看昆曲，原因是多方面的，我看是一方面文化水平差了，领会不够；另一方面，那悠然多韵味的音节适应不了"崩擦擦"的急躁情绪，当然曲高和寡了。这不是昆曲本身不美，而正仿佛有些小朋友不爱吃橄榄一样，不知其味。我们有责任来提高他们，而不是降格迁就，要多作美学教育才是。

我们研究美学，要善于分析，要留心眼前复杂的事物，要深究其内在的关系。审美观点，有其阶级局限性，但我们要去研究它，寻其产生根源因素，找它在美上的表现，取其长而摒其短，囫囵吞枣，徒然停留在名词概念上，是缘木求鱼。我们历史中有许多在美学研究上，要我们努力去寻求的，今天随便拉了这个题目，说来也不够透彻，如是而已。我们要实事求是，以历史唯物主义观点，辩证地去解释它，要尊重自己的民族，自己的历史，自己的文化。多做一些大家容易接受的美学知识，想来同志们是必然同意的吧！写到此，那"粉墙花影自重重，帘卷残荷水殿风。"《玉簪记·琴挑》的清新辞句，又依稀在我耳边，天虽仍是那么热，但在我的感觉上又出现了如画的园林。

一九八一年大伏

恭王府小记

是往事了！提起神伤。却又是新事，令人兴奋。回思一九六一年冬，我与何其芳、王昆仑、朱家溍等同志相偕调查恭王府（相传的大观园遗迹），匆匆已十余年。何其芳同志下世数载，旧游如梦！怎不令人黯然低徊。去冬海外归来，居停京华，其庸兄要我再行踏勘，说又有可能筹建为曹雪芹纪念馆。春色无边，重来天地，振我疲躯，自然而然产生出两种不同的心境，神伤与兴奋，交并盘旋在我的脑海中。

记得过去看到英国出版的一本 Orvald Sirien 所著的《中国园林》，刊有恭王府的照片，楼阁山池，水木明瑟，确令人神往，后来我到北京，曾涉足其间，虽小颓风范而丘壑独存，红楼旧梦一时涌现心头。这偌大的一个王府，在悠长的岁月中，它经过了多少变幻。"词客有灵应识我",如果真的曹雪芹有知的话,那我亦不虚此行了。恭王府在什刹海银锭桥南,是北京现存诸王府中,结构最精,布置得宜,且拥有大花园的一组建筑群。王府之制,一般其头门不正开,东向,入门则诸门自南往北,当然恭王府亦不例外,可惜其前布局变动了,尽管如此,可是排场与气魄依稀当年。围墙范围极大,唯东侧者,形制极古朴,"收分"(下大上小)显著,做法与西四羊市大街之历代帝王庙者相同,而雄伟则过之,此庙为明嘉靖九年(一五三〇年)就保安寺址创建,清雍正七年(一七二九年)重修。于此可证恭王府旧址由来久矣。府建筑共三路,正路今存两门,正堂(厅)已毁,后堂(厅)悬嘉乐堂额,传为乾隆时和珅府之物。则此建筑年代自明。东路共三进,前进梁架用小五架梁式,此种做法,见明计成《园冶》一书,明代及清初建筑屡见此制,到乾隆后几成绝响。其后两进,建筑用材与前者同属挺秀,不似乾隆时之肥硕,所砌之砖与乾隆后之规格有别,皆可初步认为康熙时所建。西路亦三进,后进垂花门悬"天香庭院"额,正房有匾名"锡晋斋",皆为恭王府旧物。柱础施雕,其内部用装修分隔,洞房曲户,回环四合,精妙绝伦,堪与故宫乾隆花园符望阁相颉颃。我来之时,适值花期,院内梨云、棠雨、丁香雪,与扶疏竹影交响成曲,南归相思,又是天涯。后部横楼长一百六十米，阑干修直，窗影玲珑，人影衣香，令人忘返。其置楼梯处，原堆有木假山，为海内仅见唯一孤例。就年代论此楼较迟。以整个王府来说似是从东向西发展而成。

楼后为花园，其东部小院，翠竹丛生，廊空室静，帘隐几净，多雅淡之趣，虽属后建，而布局似沿旧格，垂花门前四老槐，腹空皮留，可为此院年代之证物。此即所谓潇湘馆。而廊庑周接，亭阁参差，与苍松翠柏，古槐垂杨，掩映成趣。间有水石之胜，北国之园得无枯寂之感。最后亘于北垣下，以山作屏者为"蝠厅"，抱厦三间突出，自早至暮，皆有日照，北京唯此一处而已，传为怡红院所在，以建筑而论，亦属恭王府时代的，左翼以廊，可导之西园。厅前假山分前后二部，后部以云片石叠为后补，主体以土太湖石叠者为旧物，上建阁，下构洞曲，施石过梁，视乾隆时代之做法为旧，山间树木亦苍古。时期固甚分明。其余假山皆云片石所叠，树亦新，与其附近鉴园假山相似，当为恭王时期所添筑。西部前有"榆关""翠云岭"亦后筑。湖心亭一区背出之，今水已填没，无涟漪之景矣。园后东首的戏厅，华丽轩敞，为京中现存之完整者。

俞星垣（同奎）先生谓："花园在恭王府后身，府系乾隆时和珅之子丰绅殷德娶和孝固伦公主赐第。"可证乾隆前已有府第矣。又云："公元一七九九年（清嘉庆四年）和珅籍没，另给庆禧亲王为府第。约公元一八五一年（清咸丰间）改给恭亲王，并在府后添建花园。"此恭王府由来也。足以说明乾隆间早已形成王府格局，后来必有所增建。

四十年前单士元同志曾写过《恭王府考》载《辅仁大学学报》，有过详细的文献考证。我如今仅就建筑与假山作了初步的调查，因为建筑物的梁架全为天花所掩，无从做周密的检查，仅提供一些看法而已。

在国外，名人故居都保存得很好，任人参观凭吊，恭王府虽非确实的大观园，曹氏当年于明珠府第必有所往还。雪芹曾客南中，江左名园亦皆涉足，故我与俞平伯先生同一看法，认为大观园是园林艺术的综合，其与镇江金山寺的白娘娘水斗、甘露寺的刘备招亲，同为民间流传了的故事。如今以恭王府作为《红楼梦》作者曹雪芹的纪念馆，则又有何不可呢？并且北京王府能公开游览者亦唯此一处。用以显扬祖国文化，保存曹氏史迹，想来大家一定不谓此文之妄言了。

一九七九年五月写成于同济大学
建筑系建筑史教研室

小隐名园几日闲

——兼谈园林的散与聚

上林我厌繁华地，何处烟波洵耐看；

柳拂长堤横玉带，廊虚穿影入西山。

北京是常来常往的地方，嵯峨宫阙，蜿蜒西山，华丽的颐和园，雄伟的八达岭，都曾任我盘桓，南归后时时浮起它们的朝形暮态，一幅幅的时序变幻，往往引起了各种各样的思绪。而每次重游，又有着不同的感触。去年十月友人贝聿铭兄邀我参加他设计的香山饭店开幕式，我悄然来到山间，回忆起二十年前在香山的往事，星散了与下世了的朋友，吟出了"香山不语京华西，廿载重来一布衣"的诗句，作为一个像我这样平凡的人，多少亦体会到一点人生"无可奈何花落去，似曾相识燕归来"的滋味了！

这次来北京，我是没有准备的，我方从山东益都等处考察古建归，行装初卸，想小休一下，同时妻也常埋怨我说："上了年纪了，终岁浪迹在外，又何苦呢？"我也渐渐理解她的好心，感到惟有此生相依为命，同尝甘苦的老伴才会有此规劝，她的心是真诚可亲的，世界上这种看来是极平常的家话，而其中包含着四十年相处之爱，表达了她最真挚的夫妇感情，"蔗境老来回味永，梅花冷处得香遍"，可以用作写照。

在家中只住下几天，北京来通知了，加上老学长叶浅予同志函促，要我从速动身北上，参加中国美协与中国画研究院举办的"张大千画展"及张氏学术讨论会。师谊、友谊，一时交并，我怎么可以推辞呢？振我疲躯，匆匆就道。上海还是初夏天气，北京却旱热，午前抵站，炎阳逞威。下了火车，找不到来接我的人，我虽算是熟悉北京，而今却越来越陌生，车如流水，人似穿织，茫茫何处去程，我有些犹豫了。通知书上的住宿地点，就是中国画研究院所在地颐和园藻鉴堂，那我只好叫了一辆车直奔颐和园。当然这偌大的名园，是不会弄错的，藻鉴堂亦知道在园内，可是司机同志只允许开到东宫门，把我在门前放了下来。时方中午，从东宫门起要跑二个多小时才能到西南角我们住的地方，真是对着昆明湖兴叹，"盈盈一水隔，脉脉不得语"，"望美人兮天一方"，下定决心我只有用我的双腿，行行重行行，来完成此环湖"长征"了。再想想人生的漫长道路，又何尝不是如此一步步地走呀，六十多年的岁月，不也很快的过去了吗！除了"继续革命"，存不了其他什么幻想，既来之则安之。我回忆起当年在"红卫兵"的鞭挞下，从上海的罗店走回学校，路程是更长。痛苦的遭遇，不也已经过来了。同我今日徘徊在湖边的感情是不可同日而语的。走吧，向前进！本来颐和园是多么令人向往和陶醉的地方，依恋，沉醉，忘返，而今呢？我已像一个"拉练者"，如果此时有费长房缩地之法，我岂不可少流二小时多的黄汗了。时正中午，腹饥口渴，那曲折的长廊，已变成增加我疲劳的痛苦刑具，沿着湖边土路走，倒是干脆轻松一些。袋中仅余的几根烟，也差不多早完成了使命，不得不在亭子中买了一包烟，信手抽了一支，望望玉泉山，猜疑着其前的藻鉴堂，遥远的路程，期待着愉快的休息，痛快的午餐，再回顾走完的长路，唏嘘太息一番。拿出手帕擦了擦汗，背起两件随带的行李，继续着我的前程。长廊已完了，走过西宫门，游人是一个也没有了，夏午的烈阳，照得高树投下一个个的浓荫，波光闪耀得如同银镜，温度已迫使你追求室内的清凉，而脚下的路还是那么长！一步一个脚印，踏在土上，飞起淡淡的轻尘，染在我汗湿的身上，颜色是粉黄的，擦上去砂砂地作响。如果没有行李，也不是中午，在晓风残月中，在春秋佳日里，那悠闲地作半日清游，比坐汽车不知要文明多少倍。我在此刻不是不爱昆明湖，而境遇使我产生了憎恨，使我错怨她，那实在对她太委屈了。游必有情，无情难以兴游，我不但无情，而且有了些怨意恨态，这教我怎样说呢？

渐渐地走近玉带桥，在歧途中，我开始彷徨了，四顾无人，何去何从，居然远远来了一辆自行车，看上去是个园中工人。我招呼了他停下来，正在承他指示迷径之时，后面来了一辆汽车，我挥手向他们呼援，而车立便停了下来。原来里面是去北京站接我的人，连拉带拖将我进入车中，飞轮扬尘，转眼到了藻鉴堂，在车中望望迅速过眼的长堤，私下太息着，我如徒步，怕一小时后还在水边彳亍呢！阿弥陀佛，救命王菩萨。

藻鉴堂原为颐和园一景，今重建易为洋楼，中国画研究院临时院址，是一个小岛，多桃树，实大逾碗。堂前方池鉴藻，名由是出。这地方已是颐和园的西南隅，附近还有处名畅观堂，是一组面湖的建筑，听说当年西太后来此赏月，堂馆没有修整，在作训练班教室宿舍之用。是区风光，实在太幽静，但闻风声、鸟声，忘世、忘机，骤雨新凉，洗得万木青翠，柳梢间隐隐望见万寿山一带金碧楼台，松柏中透出西山鬓影，像水墨描的。虽然进城不便，困居"瀛台"，但凭栏遐想，虚廊下偷闲写此短文，我幸运地疏远了世务酬对，放弃了来北京免不了的俗套，让我深藏在京华的僻地，意外地留下了一幅淡逸的"京隐图"。它仿佛满汉全席席终时的一盆酸盐菜，有着它不染京尘的清味。

初阳轻拂在水边的柳上，我独自蹲在飘浮波面的石矶上，视线在垂杨底穿过十七孔桥，引伸到万寿山一带，空灵飘渺，如在世外，闲适高逸，有些像仙人下瞰尘世。西堤一带，疏烟淡雾，芳草闲花，西山似眉，塔影若笔，人行其间，一衣带水，勾引起我少时西湖的游踪，那时的苏堤一带亦正是如此光景。可惜我不能久留于此，倦鸟偶栖，留下来日回忆的梦痕而已，不免有些怃然。

今天万寿山一带，已是成千上万的游客，摩肩接踵，有些像逛上海大世界。整个名园，人流都集中在那里，再想到杭州西湖，亦不是都挤在孤山一带吗？为什么颐和园在西南部分少有游人，西湖在南山罕去游客，连游风景也有些像上王府井与南京路，感到风景区的人流有散与聚的这个问题，成为今日急于运用辩证方法来解决它，已是刻不容缓的了。聚与散是相对的，园林只聚不散，无以言赏景，遑论说管园，颐和园藻鉴堂为机关，畅观堂开学校，杭州西湖雷峰塔址开宾馆，人为的禁地，怎不使游人集中一二个赏观点呢，像颐和、西湖面对游客的不过几分之几，有多少倍的好地方，没有地尽其胜呢？我们口口声声说要扩大旅游区，要发挥潜力，而又为什么许多连近水楼台的地方不利用，却被那些单位占领了。风景区在于有景可观，能散游人。害于占领，更危是破坏。从前我怕到颐和园，因为人太挤，我觉得似乎没有更好的办法来解决，几日藻鉴堂小住，使我聪敏起来了，颐和园的西南部开发整顿是有前途与有其必要，当年西太后也没有放过它。事物不是绝对不变，而是相对的，散与聚也是相对的，如果能在这个问题上下点功夫，好好分析处理一下，颐和园的旅游事实能有所提高，必出现一个新局面。我深切地希望北京园林局的一些朋友们，西郊的风景资源，你们要像保护美人的眼睛一样地来珍惜它。

一九八三年六月十九日于藻鉴堂

为园林取名

屈原在《楚辞》上写着："皇揽揆余初度兮，肇锡余以嘉名，名余曰正则兮，字余曰灵君。"说明人生下来就要取一个好名字。当然园林建成也同样要取一个好名字。

我国古代园林取名是相当费推敲的，我说园名就包含着内美，有深刻的含意，寓之以德。怡园根据"兄弟怡怡"那句诗来命名，沧浪亭之名，则出于"沧浪之水清兮可以濯吾缨"之句。在我看来，园名总以谦抑为好，如半园、芥子园、半亩园、蚕粒园、可园、近园等，多么含蓄，所谓"谦受益"，予游者以不尽之意。

上半年到苏州开城市总体规划会，因为两年多未到吴门，要我去参观虎丘新建成的"万景园"，这使我不觉一跳，虎丘小阜耳，居然能造得万景园，哪知道是个山麓的盆景园，真是狮子大开口，用万景以名之（就是盆景亦无万数），听说"赐名"与"题名"出自某大书家之费心费力，叫我啼笑皆非了。我戏谓同游者，此园若改名"半景园"或"半山园"则似乎得体，如今"万景园"三字，不但清代皇帝造圆明园时不敢用，上海造西郊公园也不敢用，如今却在虎丘山下，向游人"亮相"，其反传统名园命名之道极矣。

我也听得有人在叫苏州有个"万金园"，那与万金油同名了，必定畅销全球无疑。其实万金油今日已改为清凉油，谓它有用，处处可搽，说它无用，处处不灵。那么，"万景园"说它有景，则如万花筒，过眼即逝。说它无景，有似万金油，清凉一时。多即是少，过分的夸张，是要使游者失望的。必也正名乎？文化两字可不慎哉！

一九八三年九月

闲话西湖园林

春节前，我因事去杭州几天。又一次见到"孤山游客成千万，愧我长吟行路难"及"不闻鼙鼓声，但见人轧人"的北湖与灵隐的景况。

"旧游湖上等行云"，这已是快半个世纪的事了，还是在少年时代，春秋佳日，游西湖，吃醋鱼，尽一日之乐。那时，游西湖也分水游与陆游两种。水游呢，从湖滨上船，一叶扁舟，那些有名的三潭印月、湖心亭倒不是必游之处，而游的却是湖边的园林别墅，杭州人称为"庄子"。著名的有刘庄、小刘庄、蒋庄、汪庄、郭庄、高庄、杨庄、许庄以及南阳小庐、俞楼等。它们都分布在南北湖两岸：有的依山，有的面水，亭台交错，楼阁掩映。但都有一个特征，没有不借景湖山的。雍容华贵的刘庄，建筑装修都是红木紫檀雕刻的，室内陈设也很讲究。许庄却以柳竹为主，以淡雅出之。而后起的蒋庄与汪庄则又是藻饰新颖。我们舍舟上岸到庄子中品茗，管理人员殷勤招待，临行相送，赠以薄酬，宾主都是谦和愉快。从早到晚也没有一定的计划，能游几个，就游几个。杜甫诗云："性移无洒扫，随意坐莓苔。"我们就是抱着这种态度，难得浮生半日闲或一日闲的。

说到杭州园林，除城中的市园外，主要是西湖这些"庄子"了，可说是杭州园林的代表。"庄子"应该称是郊园，郊园多野趣，它主要是结合自然。西湖的"庄子"一方面着眼于"借景""对景"，同时因为大多数临湖，除了安排适当建筑外，也掇山凿池，同市园差不多。而其选址以里湖、南湖为多，因为湖面不大，有山可依，宜于建园。围墙不高，也有用竹篱的。当年袁枚营随园于南京，无园墙之设，因地制宜，其源出自西湖"庄子"。

最近我做了这样一首诗："村茶未必逊醇酒，说景如何欲两全。莫把浓妆欺淡抹，杭州人自爱天然。"淡妆是西湖风格，这些"庄子"粉墙黛瓦，那么雅洁，而这些粉墙点出了西湖的明静。软风、柔波、垂柳三者的交响曲，奏出了湖面的旋律，陶醉了多少的游人。从亭廊、水榭中可以望见远处的层峦翠色，晓雾朝霞，暮霭晨光，空灵得使你销魂。这些难以忘怀的境界，永远萦绕我的脑间。西湖的园林（庄子）是人工与天然结合的巧妙构图，舟中的动观，与园中的静观，相互形成了西湖的特色。

西湖的花木，四季显其所长。孤山的梅，里湖的荷，满觉陇的桂，万松岭、九里松的松，韬光云栖的竹，真是各臻其妙。这些地方，不以人工的藻饰损于天然的姿容，它是天然的园林，如同一个朴素的村姑，天真得亲切、动人。而群山秀色，溪流淙淙，纯洁得教人感到俗气全消。龚自珍是杭州人，他用"无双毕竟是家山"来赞誉西湖，并非是没有理由的。

宋人姜白石孤山词有"凉观酒初醒，竹阁吟才就"之句咏西湖的建筑，幸运得很，我居然于雪后初霁，在阮公墩新建的竹阁中品茗。那天的茶特别清冽，从丝丝衰柳中望南山，仿佛水墨描的，而另一面呢，"高楼大厦来头顶，怕见北山落眼前"，它污染了清雅的景观，感到惆怅。而遥望南湖总觉得缺点什么，原来雷峰塔早圮了，"盈盈一水成孤寂，莫怪游人论短长"，因为景虚了，自是若有所失，这西湖风景的一笔，是何等的重要啊！过去雷峰塔下，有白云庵，也是个园林，苏曼殊住在庵中，有"白云深处拥雷峰，几树寒梅带雪红。斋罢垂垂浑入定，庵前潭影落疏钟"之句，读罢有些飘飘然，园景无一笔不跃然纸上，如今庵亡已久，而南屏晚钟亦早成绝响，这倚山偎水的西湖名园仅留梦忆而已。

　　挑灯偶忆，写到此，我总感到西湖是个大园林，它有独具的特色。而这些大园中的小园，更有西湖园林的地方风格。为了扩大西湖的游览，这些"庄子"如果能逐步恢复，西湖的旅游就丰富得多了。

郭庄桥畔立斜阳

　　杭州西湖过去有许多庄子，说得文雅一点，就是私人的别墅或园林，傍山依水，互斗其巧，各逞其胜。风景园林学上称之为大园包小园，皇家园林如北京颐和园万寿山间建了谐趣园，这就是仿江南园林特色的。讲得通俗一点，风景区的中小园林，各自成景，正如大宴会的小笼包，拿去了小笼，把包子放在碟子里，吃起来就少了风味与情趣，可惜得很，湖上许多庄子，早已如小笼包扔掉了笼子，敞开供应了，有些也变了样，未免考虑不周吧！

　　湖上小住，信步游了汾阳别墅，俗称郭庄，郭在百家姓上属汾阳郡，因此有这样的称法。郭庄原名宋庄，又称端友别墅，清宋端甫建，可能是杭州大绸商宋春源绸庄所造。另有一别墅，在里湖，名春润庐是宋春舫的别业，徐志摩文章中所谈到（额出林长民所书），已是新构。

郭庄在卧龙桥北，离刘庄不远，滨湖之西岸，选址极好。我那天去已是夕阳西下向晚的时分了，虽然小颓风范，而水池宛然。其最令人叫绝者，应该说是跨溪一桥，桥以湖石垒成，上建一阁，桥外西湖如镜，桥内小溪如环，引入园境，此海内孤例也。如果以舟游，从湖上望景色尤美。以此一桥一溪，园与湖贯气了，而登阁舒啸，湖上风光，园中幽色，皆收眼底，构思在"巧"。园固为大池，中隔以一亭，分左右两部，亭廊皆面水，以桥洞通湖。水汪洋矣，建筑安排紧凑，可与苏州网师园媲美。但网师园园外无景可借，还稍逊一筹呢。

如今郭庄断垣残壁，鹅鸭成群，真有些不忍看，西子蒙尘太可惜了。郭庄的假山叠得好，在浙中应称上品，可惜有许多好石与立峰，大约被人搬到其他新建公园去了。方池这部分如今已荒芜，只余驳岸桥基，但有此规模，恢复是不难的。

西湖近年来建设是有成绩的，尤其在封山育山方面做出了全国风景区的典范。但"不薄今人爱古人"，像郭庄这样的遭遇，我为它鸣冤叫屈，几时落实政策呢？其他钱塘门的南阳小庐，岳坟的竹素园，西泠桥附近的杨庄，它们命运又不知如何？

不到园林，怎知游客如许

　　人家常常问我，春来了，你为什么不去园林小游？老实说，我是"每到春来，惆怅还依旧"，一入园林，见游人拥挤，就兴味索然了。因为历史条件的局限，全国留下了这有数的几个名园，远远不能容纳今天的广大游客了。尤其像拙政园、网师园、豫园等这些全国重点文物性园林，正如博物馆的古代名画，现在却像广告画一样的面向大众展览。我的老友童寯先生说得好：将来名园要罩上个玻璃罩，让大家在罩外看看，否则难免要在我们这一代中损坏。老先生是著名建筑家，语重心长。

　　园林在于观，就是欣赏。因此名园皆有厅堂、楼阁、亭榭这些观赏点，用以观赏风景面。明代袁中郎说苏州留园："徐冏卿园（今留园）在阊门外下塘，宏丽轩举，前楼后厅，皆可醉客。石屏为周生时臣所堆，高三丈，阔二十丈，玲珑峭削，如一幅山水横披画，了无断续痕迹，亦妙手也。"描述得真确切。前楼后厅可以观赏假山，而假山却如一幅山水画，叫人看，细细的品题，却没有要人去爬。今天园林中的假山，游人不是在看，而是在爬，山上的人成百成千，景物全障，宛如登山大队，不是观山，而是人看人，人与人互为"对景"，还有什么清趣逸兴可言呢？日本园林学会代表团来与我们谈了这问题，流露了惋惜的情绪。我告诉他们，我们今后也打算不让游人上山，这样既净化了风景面，又减少假山的压力。去年上海的豫园不正是因为人多而倒下来了么，我提出了控制上假山的建议，后有所改善了。因此面积小的文物性名园，既要限制参观人数，又要规定游览路线，管理有方，井然有序，这样，才可说得上先进与文明。

凡属于文物性的园林，应该着眼于"文物"二字，重在保护。面向大众是应该的，但是与其他非文物性的园林要有所区别。我们国家公布了文物法令，而许多文物性园林，是由园林管理部门在管理的，可能对这方面注意不够。我希望管理者与游人应该共同遵守文物法令，从保护文物角度办事，这样做我想大家会理解的，只要我们耐心做宣传工作，大家是会得遵守的。

柳迎春

"料峭春寒中酒，迷离晓雾啼莺"，婉转新声，才惊醒了，"早黄杨柳漏春信"，窗前杨柳有些两样了，然而重裘未卸，没有莺啭的话，我还倦倚在半温的火炉旁啊！的确余寒仍不肯离去，我亦无可奈何，但柳丝点点鹅黄，使你不觉中也要留心一下，它蕴藏着无限的春机，几天后将给人温暖、兴奋以及如醇酒一样的醉意。春随人意，可以说杨柳是先开眼了。

我爱柳，也欢喜画柳，记得俞平伯先生夫妇曾叫我写过一张杨柳春禽图，我题上了宋词"一丝柳，一寸柔情"，挂在他卧室中。老夫人去世后，到今天仍挂原地不动，他说这画是永久的藏春，其心境是可以理解的。

话又说回来了，我与俞老能够这样为杨柳所移情，都并非无因的，在我的本行造园学中，就常引起人的深思。园景要有四时，大家都知道。人们经过漫长的寒冬，切望着春回大地，而杨柳呢？她是报春最早，首先安慰人们寂寞之心，而落叶又是最迟，在四季中却更是变化多端。夏日的绿杨烟雨，秋天的高柳鸣蝉，冬季的万条风前，没有不入画的，而朝晖暮霭之中，姿态依人。在中国园林中她与竹可以平分秋色。

杨柳的性格，可说是温柔体贴，水陆皆宜，我国大地上无处无她的倩影。绿柳城廓，白门杨柳，描绘出扬州与南京两城风光。而长亭折柳，闻莺柳浪，诗意与画意，无不因柳而生。因此人们说起杨柳，总是觉得它是良善而亲切的东西。其实杨柳并不像我们直觉观察所见的那样，仅见到柔的一方面，它是柔里有刚，不是没有原则性的。我们画杨柳，画其本必心存老树之态，要苍劲有笔力，然后轻添柳枝，淡抹嫩叶，方才迎风作态，否则画柳不成了。杨柳的枝条看上去很柔，却很坚韧，可以用来编器，因此刚柔相济的美德，是杨柳独具的。

近年来有些园林工作者，似乎没有从杨柳的德、貌、神态、风韵等多方面来品赏她，而轻率地将不是高贵树木，容易生虫，杨花乱飘，树龄不长，更不是进口货，是土产品等等加之于它。目前园林越高级，杨柳就越绝迹，城市的绿地几乎让法国梧桐占领，杨柳快呜呼哀哉了。杨柳遭此厄运，何其惨也。"我为杨柳频叫屈，而今不见舞楼台"。希望从事造园的人多少要有三分诗人风度和雅趣，对杨柳不要太歧视了。

古今聚散说名园

张大千画展在北京举行，我应邀北上，住颐和园藻鉴堂，暇时使我从容游了名园，这是难得的机会，朝霞暮霭、花影松韵，我都享受到了，这名园的景色确是变化万千，尤其玉泉山的借景，真是造园的大手笔，前人安排得如此巧妙，值得我们学习。

我曾经说过，造园不易，管园更难，这次在小住颐和园的几天中，感到美中不足，甚至于有点煞风景，未免贻笑大方。我进入排云殿，正想拍照，不料东庑烟囱并立，添了新式"华表"，废然而过，总算节约了两张底片。长廊虚处居然种上了外来品种的雪松，哑然失笑，只可说西太后也着西装了。将原来颐和园的植物品种搞乱了，形成不中不西矣。而且柏树绿篱，到处成围，宛如法国凡尔赛宫，把山脚树根一起都遮住不见了，此有悖中国造园手法。万一将来绿篱再高，则又不知如何赏景了。颐和园匾额皆从右到左书写，有一块"长生堂"反其式书之，使游人误识为"堂生长"，我也只能在旁陪诵一番。

颐和园之景，处处宜人，西南部亦是极好的风景点，如玉带桥、观赏堂等。可遗憾的是对这一区没有好好整理，观赏堂在开学校，藻鉴堂已改为宾馆，成为禁区。园林处还养了两条狼狗，吓得我们寸步难移。因而这一区几乎没有游人，只有钓鱼的和一些青少年偷偷地在游泳。广大的游人都集中在万寿山一区，每天成千上万。古与今，散与聚本是两个相对的概念，颐和园属古典园林，又是国家级文物保护单位，那就要保持原状古到底了，好心肠做错事的园林管理同志们，你们要学习点文物法令，要理解点今和古的关系。偌大的颐和园在管理上要懂得聚散两方面，要在西南区整理开发，那玉泉山照影下的西堤一带，那么雅洁动人啊！为什么不引游客去呢？为什么专门在万寿山之下开餐厅、辟商店来发展商业呢？既然如此，那不如索性易名颐和商场了。

一九八三年七月廿五日

苏州园林今何在?

　　我最近应苏州园林局之邀，到苏州参加苏州园林艺林展览室成立活动。苏州能有这样一个园林展览室，是可喜的，对中国文化起着很大的宣扬作用，园林局做了一件大好事，亦平添北寺塔公园一个游览区。

　　我又去了旧地重游的几处名园，真是旧游如梦，新景全非，我几乎不相信我回到了柔情未了的这些泉石亭台。如今所有厅堂轩榭，差不多全开了商店，连拙政园的外宾接待室，也开了手工艺商店，满园挂彩灯，立彩人，俗不可耐，彻底破坏了雅秀的江南名园。我面对着这种丑景，还有什么可说呢？正如一个美人蒙尘了。我只有默然以对热情招待的园林主人们——局长们。

　　回到上海，接待台湾客人诗人洛夫等，以及外国留学生，有法国的高克家、日本的久保田雅代，他们都对我说起这件事。这些热爱中国文化的外国朋友们，要我提出这个问题，我怕，我没有这样的权力，也说不好这件事，更破坏了"承包"利润政策。但是，园林的收入要看园林水平，外国园林门票价格很高，而它园林水平及管理水平亦高。如今以园林经商，以园林为商场及游艺场，真是本末倒置，这样总有一天园林会遭殃。

狮子林是贝聿铭先生的家园，内有贝氏宗祠，前年贝先生回国，亲自参拜宗祠，拍摄了录像，最近也寄了给我。可是，如今将祠堂改为陈列室，似乎做法上太唐突，将来贝先生重来，如何交待呢？对待这样一位世界名人，苏州是他的故乡，又怎样讲呢？苏州他的故居拆除了，祖坟亦破坏了，如今唯一的一个家祠，也没有幸存，我很怕，我见了贝先生怎样讲。六月间，我与他在深圳见面，送了他一部贝氏家谱，他几乎流泪，而我呢，没有告诉他这个不幸消息。现在提出来请苏州市政府对这问题慎重考虑一下。

至于园林管理水平，乱、不清洁，似乎管理人员也分心了，没有做好。

总之，园林局不是商业局，园林不是商场，这个问题应该提到日程中来。希望国家园林局及各级政府，要采取措施，特别是各地园林管理局要做出管理成绩来！

　　作为一个园林工作者，贡此管见，我无坏心，拳拳之意而已。

何时得入叶家园

最近上海市文管会与有关单位正在举行历史性建筑物保护会议。这是在发扬祖国文化，做得对，做得及时。

近百年来的上海有两个著名的私家大花园，一个是哈同花园，如今已成陈迹。还有一个她隐而未露面，即江湾叶家花园。说来话长了，这园的主人是叶澄衷，澄衷中学的创办人。胡适、王云五等一批学者皆出于该校。叶澄衷晚年在江湾筑了叶家花园，规模相当大，假山、水池、巨木、亭榭，错落其间，太美丽了。当时是对外开放的，购门票可以进入。今天我偶然涉步其间，觉有世外之感，不信杨浦区这个工业区还有这样一个大花园，好花园，杨浦区的绿化工作在全国属于先进单位，但这个名园尚未与人见面，可惜了。

原因何在？是这里成了上海结核病院。我是园林与文物工作者，总觉得花园是花园，医院是医院。医院固须绿化，但应有其独特的布局，与园林是不一样的。

能不能想法调整一下呢？把叶家花园开放了，让游人进去观赏，不是又多添了一个沪上一景？这叫人尽其才，物尽其用，比花几千万元去造大观园省事节约得多了。

刊于 1990 年 6 月 8 日《新民晚报》第 7 版

话景

泰山新议

 过去对泰山总是沿袭了历史的记载，泰山又名岱宗，岱者代也，东方万物之始交代之处，为群岳之长。这些都有重要的含义，是正确的。我最近学习了胡耀邦同志的《讲话》，又结合再次的游览，以及对泰山历史的学习，我认为泰山应该是我们"国家统一、民族团结"的象征。它不能泛泛地称为一个风景区、或是一个旅游点，甚至称为一座神权之山等等。我们从历代帝王封禅告祭来说，表面看来是封建的意识，有人说是麻痹人民，这当然是存在的，可是我们要尊重历史，凡是大规模、极隆重地来泰山朝拜的帝王，不是开国之君，就是盛世之主，他们对泰山之雄伟尊崇，是象征着国家的统一、民族的团结、社会的繁荣的。表面上是祭天，实际是告民，有着重大的现实意义。杜甫诗写得好，"会当凌绝顶，一览众山小"，是何等的气概啊！"重于泰山，轻于鸿毛"，这又对泰山作了高度评价了。我们中国人，面对山川自然是以情悟物，进而达人格化。因此以泰山作为最高的象征来说，是从我国哲学观点、美学观点而产生的。

泰山是对人民进行历史教育、爱国主义教育的一所大课堂，是激发人们热爱祖国、热爱民族的有效教材。自秦汉以来的历朝碑刻记载、文物古迹、古建名胜，甚至一草一木，处处都是历史，都是知识，真有不登泰山，不知我民族历史悠久；不登泰山，不知我国之伟大。泰山是我中国的山，民族的山，因此，规划与建筑要有民族的特色。

泰山从风景来讲，山水兼南北之长，有山有水，雄伟之外，兼有深幽，其能独步中外者，其长处即在此。入山唯恐不深，登山唯恐不高，泰山皆得之了。今后在风景规划上，对风景要着眼在此，既要修整古迹名胜，又要"还我自然"。

岱庙是我国三大古建筑之一（故宫、孔庙、岱庙）。它屹立在一条长达十余里的中轴线上。岱庙有古建筑、有古树、有山，而泰山若屏，作为岱庙之"借景"。岱庙是整个泰山风景的起点。这些是故宫、孔庙所不及的，正如一幅长的山水画卷，岱庙是个"引首"。我们不能孤立地分割来看。

　　遗憾的是在今日的岱庙中，公园式的大门，配天门与仁安门的两侧加上了新盖建筑，弄得"不伦不类"，真是个破坏古建筑的大怪物。我陪了同济大学的外国专家在参观，他说这建筑是没有灵魂的，我哑然无以相对。这是不懂历史、不尊重历史的反映。我们要向前看。十年浩劫过去，已是"否极泰来"的时候了，作为泰山风景区的主要组成部分的岱庙，也该泰来了吧！

谈西湖雷峰塔的重建

西湖雷峰塔倾圮已五十六年了，解放后新中国也已进入三十而立的时代，我们建筑界也呼吁了多少次，想将它重建起来，恢复一个西湖风景点，可是何姗姗其来迟，因为过去就事论事，重建充分理由不够。前年我发表了"雷峰塔圮后，南山之景全虚"（一九七九年《同济大学学报》建筑版《续说园》）的这个论点后，似乎开始打动了主其事者的心，因为如今北山一带游人太多，南山有一风景点，起了"引景"作用，自然游人也随之而分散了，对西湖游客集散上是有好处，也够说得上"古为今用"吧！

雷峰塔是一九二四年九月二十五日（农历八月二十七日）下午一时四十分许倒的。正值军阀孙传芳占浙，专车到城站之时。那时我七岁，秋深庭院，御夹衣，忽闻轰然一声，亦不知何事。父亲正患重病，这天下午得知塔倒的消息，他为我们说了有关塔及孙传芳的一些琐琐之事。次年便与塔一样辞世了。塔倒之时，俞平伯、许宝驯夫妇寓孤山俞楼，宝驯老人当年还正年少，凭栏远眺，亲见塔倒下来，她说，前数天塔上宿鸟惊飞，待轰然一声后，见黑烟升起，于是杭人群拥塔下捡砖觅宝。八十六岁老人，至今尚与我娓娓谈及此事。鲁迅在十月二十八日写了一篇《论雷峰塔的倒掉》，距塔之毁才一月时间，这是大家比较熟悉的。

西湖雷峰塔，在西湖之南屏山，旧有郡人雷氏筑庵居之，因名。五代末（宋初）吴越王钱俶建，钱自为记，称黄妃塔。俞平伯先生谓："雷峰非塔本名，黄妃复多讹疑（俞氏谓应称王妃塔），然此两名却为人所素知。至西关砖塔实为其最初名号，乃向不见记载，若非塔圮，吾辈安得知哉。"这是根据塔藏宝笈印经卷首署"西关砖塔"字而言，因此又称西关塔。明郎瑛《七修类稿》："吴越西关门在雷峰塔下"，更可证。雷峰塔的本来形式，是一座砖身木檐的楼阁式塔，这是江南宋塔的习见形式，其与附近的六和塔，本来形式一样，后来外檐坏掉了，清代的和尚在外加了一个木衣，遂成今状。从前梁思成教授曾做过六和塔的复原图，亦是楼阁式的。我对雷峰塔与梁先生复原六和塔抱同样的见解（六和塔现在非彻底重修，则保持今状），造一座楼阁式的木檐砖塔，即使改用新材料，亦必须仿最初原样。

上海博物馆藏南宋李嵩绘《西湖图》卷，明明画出雷峰塔的原貌，同我们今日所建议的楼阁式塔没有两样。《湖山便览》说："塔旧有重檐正栋，窗户阔达，后毁于火，惟孤标巍然独存。"明张岱《西湖梦寻》："元末失火，仅存塔心，'雷峰夕照'遂为西湖十景之一。"都说明了后来的那个黄赤色的雷峰塔，是火烧后的残存者，是个破古董。因为乡人迷信，说携归塔砖对养育丝蚕可以旺盛，日久基空，终于全毁。

五月间我到西湖，浙江建委及杭州文化、园林两局都与我谈及重建雷峰塔事。我在园林管理局亦看到了一个破破烂烂的雷峰塔模型，有人要造这样的残破雷峰塔，说是这是"老样子"。我亦"十分同情"这种看法，假如说今天雷峰塔未圮，整旧如旧，我是赞成维持现状，这是符合文物政策的。但问题是现在已经荡然无存。我们重建有两重意义，第一恢复名胜；第二开辟游览点，并不是保存古迹，因为古迹一点也不存在了。雷峰塔本来是一个五代塔，不然，何必重建呢？重建，就要依其原貌，这似乎并不会令人费解，万一来了个以新做旧、似破非破的一个火红大水泥柱或砧柱，不但设计无法，且真啼笑皆非，我看除非请做假古董的先生来代劳，我们搞古建筑的同行，恐无人能担当此盛事，为后世人所非议。苏州虎丘塔的塔顶，就是想做假古董，那个白白的水泥顶，加上几张如张乐平先生笔下"三毛"头发似的碎瓦，那才是"今古奇观"矣。何以名之？曰"泥古"，泥古就是不化。我希望在处理这名闻中外的"雷峰夕照"一景时，对这塔的重建要慎重考虑研究啊！我想"还我真相"大约是理所应当的吧！

一九八〇年六月

旅游杂感二则

还我自然

近年来，我因工作关系，到过不少名胜风景区，看到"四人帮"任意破坏美景所造成的损失是很大的，而关于应该如何修建的问题，倒也使我颇费踌躇：有些修建能"得体"，做得很好，可说画龙点睛，益增风景之雄伟与妩媚；有些却"好心肠"而出力不讨好，弄巧成拙。

山林风景，其异于城市的，主要是有山有水，即有自然之美。人们在城市中，终年很少有机会接触大自然。春秋假日，偶一出游，乐事从容，是多么难得的机会。所渴望见到的，是真山真水，而不是平时见惯的高楼大厦。"小径红稀，芳郊绿遍"，尤是使人依恋。这就教我们领会到游者所乐爱的是什么了。

去年，我曾到过宜兴，看了善卷、张公诸洞。洞的确雄奇，谁信在一望平畴的江南水乡中有此奇迹。当人们在数声柔橹中舍舟登岸，数里之遥，有此佳境，诚难言哉！可是，当我一进大洞，五色缤纷，电光若炬，几疑身于餐厅之中，而奇岩怪石，面目狰狞，自然之妙难言，恐怖之情倍增，因为人工之力有违自然。将一个极自然的洞穴，装上五彩电灯，又将原来岩石，装塑做野兽之状，其效果如何？恕我难言，游者自得之也。

苏州天平山，有个钵盂泉，本来涓涓流水，一泓清池，其前小阁依山，极自然之美。如今在这里建造了一所现代化的平顶茶室，远视之仿佛是一所动物园的狮虎居，我怕得不敢去喝茶，人们也多不满之词。郊园多野趣，就是无华堂厦屋，又何必对不配合环境，不符合自然景物的一些建筑钟情如此呢？"因地制宜""区别对待"，在各种设计中，原是一个基本原理，群众倒能谈得上是好是坏，主其事者却大有"不见庐山真面目，只缘身在此山中"之感。对风景区的规划与建筑要慎重啊！一下子破坏了，"黄鹤一去不复返"矣。

不但自然景物如此，即古迹修缮又何尝不是这样呢！最近有机会看到的山东聊城光岳楼，是我国最老的明代建筑之一。一别数载，老友重逢，能不欣舞！但相见之下，又哑然失笑。黑发已成红颜，似服了大量的"首乌片"。青春虽已焕发，新装却宛如"村姑"，本来古色古香的一座楼阁，顿如看越剧《红楼梦》了，我也几成刘姥姥。妙哉！妙哉！

这些例子，着实不少。恕我弄笔，抱歉之至。统而言之，总而言之，姑题"还我自然"。

一九七八年写

"老摩登"
——名胜杂谈

过去，对上了年纪的人还在学时髦，装饰得不伦不类，人们就称他为"老摩登"。"摩登"是"现代"的意思，加上个"老"字，用意便风趣了。

我们搞建筑，最关键的是"得体"，正如戏剧一样，不论哪个角色都要演得恰如其分才是。最近有机会到河北遵化去参观了清代的东陵。东陵自从军阀孙殿英盗了其中乾隆、慈禧二陵以后，就名闻中外。如今东陵作为游览点开放了，连二陵的地宫也可以进去了。那里风景实在太幽美了，四山合抱，古松成林，黄瓦朱墙，掩映于蓝天翠海之中，足使游者盘桓而不忍离去。尤其乾隆的地宫规模，可与十三陵的定陵相比。其雕刻盈壁，正表现了乾隆朝的人力物力。但等我入内，华丽的现代化吊灯、壁灯，照耀如同白昼，如同餐厅。我几乎忘身置于何处，大概"地下宫殿"必与地上宫殿一样吧，否则何以名为殿，遗憾的没有加上开几个假窗户。慈禧陵的地宫较小，较简单，但也受到同样待遇。这样的照明，我真不懂对参观者起了什么作用？这样做就不得体了，即是新式灯具与古代建筑不调和，又破坏了古建筑的局部石面与雕刻，在地宫中出现了一种使人难以想象的气氛和境界。不说明，谁信这是"地宫"呢，应该算是"老摩登"了吧？

地下宫殿的照明，应注意其特点为"照明"，而不是在"装饰"。要突出的是陵墓本身，而不是灯具本身；要多请教考古工作者，要做到有光而不突出灯，灯宜隐而不宜显，这样即不破坏气氛，又能使游者参观自如，对古建筑来说，就是"依然故我"，那才是高手笔、高文化了！

一九七九年冬

从重修豫园湖心亭说起

　　上海豫园前有一大池，池中有座湖心亭，前后以九曲桥贯之，这是名闻中外的上海城隍庙名胜之一。它已被列为上海市市级文物保护单位，并不是一座普通茶楼。当茶楼用，那是商业部门占用了文物建筑，这与文物政策不相符合。此类情况在当今旅游风景区常常遇到，颇希望各有关部门能遵守国务院文物法令办事，为发展旅游事业做出贡献。

　　湖心亭原是豫园中的一部分，解放前豫园分割了，湖心亭原来的明代曲桥改建成了水泥的九曲桥，那座轻浮水面、亭亭玉立的湖心亭"古为今用"开起茶馆来了，因为营业发达，由一座四角方亭，扩大了两翼，再向后伸了一个大尾巴，形成了一座不伦不类的怪建筑。数典忘祖，一般人也不识其真面目。如今湖心亭因年久失修，负重过大，元气已伤，现在正动工重修，这是好事。我因应邀参与其事，就想借此谈谈管见。"亭者停也"，是给旅游人小憩暂停的地方，同时又是个风景观赏点，不能破坏原有形式。最近我在《人民画报》第四期《廊亭桥》一文中谈了这个问题，它不是售货亭、茶室，不容少数人很长时间占用着，其理自明。亭多数是剔透玲珑，重檐飞角，有的轻盈地浮在波光涟漪上，点缀了风景。游客可以在亭中观赏别处风景，同时亭子本身也是一个从别处去看它的风景点。今后的豫园，从长远规划来看，湖心亭是要归入豫园范围内的，何况又是一个文物保护单位，因此在修建中，对于那后人强加于古建筑上的东西，是应予拆除，得到解放而还其青春的。

风景区的天然景物与文物是旅游中的主要组成部分。发展旅游与商业，是要依赖它，而不是占用它，甚至毁损它，正如博物馆的大铜鼎供参观之用，而不是将它作为烧饭的工具。这种道理早已明白，可是有的单位，本位主义严重，一些问题至今得不到解决，所以我想借豫园湖心亭的重修，来说明在发展旅游事业中存在的矛盾，希望大家多学点辩证法，从全局观点看问题，什么事都好办了。

"风水"与风景

    现在人们一提到"风水"两字，很自然地会扣上一顶封建迷信的帽子，多少年来我们搞风景园林与规划建筑的人也不敢碰它了，但它既然是客观存在，这种敬而远之的态度并不科学。前几年有位美籍华人孙鹏程教授专程来看我，就是要讨论这个问题。他说美国哈佛大学藏的中国风水书那真可观呢。我听了只有唏嘘不已。将来恐怕又要出口转内销了。近日浙江缙云县一位同志来，邀我再去该地为仙都风景区出些点子，他过去做过这个县的县长。他说面对县政府的那座山，如今已开采了一半，风景减色了。为什么历史上没有去掉这座山，而今日会做得如此彻底呢？原因就在过去说这山与风水有关，是县政府的"照山"，也就是风景学中的对景，因此没有人敢动它。如今破除迷信，说干就干，"风水"

是破除了，但风景亦随之而亡了。这样一来我恍然大悟，好"风水"的地方，有好风景，好风景亦必有好"风水"，我们对"风水"两字不可太草率理解啊！虽然我在讲课时对风水也作过一些科学分析，但今天在"风水"与风景关系上却有了新体会。

今天有不少地方，在开山取石破坏风景上存在着问题。南京幕府山，金陵屏障也，自晋代迄今讲长江天险，与此山分不开，可是今天呢？开得太惨了，南京的大门也在出卖了。镇江南郊的南宫山，幸亏当地政府接受了我的谬论，停止开山，如今整理开放，石矿主任改任了风景管理主任，矛盾转化，我说是"放下屠刀，立地成佛"，已列为省级风景区。损风景、卖石头，不从久长的观点看问题，子孙的饭也被吃完了。过去用"风水"来维持风景，未始没有它的道理，因为"风水"上的所谓龙脉，就是水系，靠山就是背景，照山就是对景，等等，不过没有明言其理，而以迷信方式出之而已。同样名山与城乡中的名木古树，有封为"树王"，有称为"神树"，这样人们就不敢随意砍伐，而着意保护了。民居中的树是每家世代相传，说去掉了要破"风水"，这样才使家庭绿化永远长存了。

五岳名山，总有一些与"风水"有关的说法，因"风水"而产生了许多风景点。如文笔峰，因为风景好，象征这地方将来可以出人才，以此命名，寄意甚深。所以我们的风景区与园林构思，皆寓德其中，用以教育大家，用以保护风景。如果仅从"风水"一方面而粗暴对待，似乎缺少一些辩证观点吧！

一九八四年六月

蓬岛仙湖

　　最近，一百零三岁老人苏局仙先生书一联赠我，写的是："山水外极少乐趣；天地间尽是有情"，这位老先生真写出了我年来的心情。因为到处搞旅游，许多山林开始渐渐变为城市了，我对它们确不感兴趣，我钟情的还是那些未曾开发过的处女地，是多么的天真、纯朴，令人陶醉。

　　如今大家赶浪头去玩胜地普陀山，老实说我五十年前去过的景象，如今还那么鲜艳地留在脑间，正如少年的朋友，白头不忍重见，只怕重游，免伤老怀。虽然当地是那么一再地敦促我去。

　　岱山紧靠普陀山，这次我海上之行，巧妙地避开了"胜地"，独自在蓬莱仙境（岱山又名蓬莱岛）周旋了几天。我带回了海上的云烟，沙洋滩上的贝壳，它们冲去了我身上的俗氛，我感到自在、渺小，仿佛变成一只闲鸥，展开白翅，背负苍天，翩舞在雪浪之上，随着浪花，永久不尽地在前进着。

记得那天清晨，船在两山之间行驶，平静闲逸，真不信大海间的岛屿，却宛如江边湖上，原来岱山有大小岛一百多个，轻盈地安排在海上，因而景物曲折多变，形成了"蓬岛仙湖"的特征。摩心岭是岱山的主山之一，山上有个慈云庵，从庵往下望就是这个境界。我为此庵题了一联："潮有音，松添韵；山不尽，水无边。"它是海中的一个湖，比西湖开朗，比太湖深幽。海寓湖意，湖存海景，都是奇观。小可变成大，大可变成小，都是人间奇景。

海岛人们向往的是沙滩，普陀山有个叫千步沙的地方，成为该山一景，可是岱山的沙洋那绵延五公里的沙湾，使我"乐莫乐新相识"，一下子遗忘了千步沙。我信步沙上，沙坚如砥，不怕人的水鸟，从身边掠过，一下子迎浪而去。而我的柔情亦随之而俱往。海是平镜上镶嵌了银边，而银边又那么地起伏不尽，图案之美非能工所能望及者，神往二字于此才能体会到。我爱这四周的寂静，与这一片的恬适。这清静之地没有丝毫的金粉气，也没有洋气，雅洁如一个高人逸士。岱山之岛山峦起伏，一直延伸到海中，它与小岛相呼应着，如今还没有为建筑物所切断，一气呵成，舒展如一个长卷，点点风帆，用笔是那么轻灵，而渔舟撒网，飘忽自如，蓬岛清味，便是在这富有诗意的包围中得之者。岱山的海产是太丰富了，从鲋鱼一直到龙虾，可说应有尽有，人们只知用鲜美两字来形容，我说似乎是不够的，它的好处在于有情味，这情味包括了海景，正如饮村茶一样，妙在亲切之感。

山多松，茶花亦盛。而香茗填谷，引泉细品，我去时正是桂花盛开，芬芳盈裙，因此我在慈云庵曾有"三香"之答：茶香、桂香，与佛前的檀香，幻成实景外的虚景，成为一处颇耐寻味的神秘岛境。本来岱山的寺庵为数很多，是普陀山佛教朝拜的"副区"。原来我国的风景区，都有主副之设，山东泰山之与长清，杭州西湖之与西溪，皆有例在前，那么普陀山之与岱山亦其情相同。我希望主持旅游与风景者，以及游者，能懂得这两者的关系，那才可算全面规划、全面重视，尽兴得之了。

一九八三年十月四日

不要忘了这颗明珠

杭州湾将成为"黄金海岸",这是一件大可喜悦的事。记得少年时读到孙中山先生的东方大港计划,不正是这地方啊!望呀望呀,如今等到白首,居然看到了帆的桅杆,大船快要到来了。

杭州湾这地方真是一个宝地,经济的开发我是外行,不敢谈。就风景区来说,闻名世界的浙江大潮在海宁,从海宁过来,靠近上海的海盐南北湖,浙江省定为省级风景区,由同济大学园林教研组负责规划。那里有湖、有山、有海,风景之美宛似未经打扮的杭州西湖。我称之为杭州湾的明珠。这颗明珠如今还在蒙尘,尚未显耀于人前,因为它被人们遗弃几十年了。

抗战前明星电影公司拍摄胡蝶主演的《盐潮》一片,外景就在那里。影片摄成建了一座明星亭,如今总算修好了，吸引了很多游客。画家常常说到平泉远山，飘渺之境。我半生湖海，风景也算看得多了，像这种南宗山水画的典型，有着浓厚江南气息的景色，恐怕唯此独步了。山有层次，水多湾环，而满山桂茶，摇空竹影，明秀雅洁，仿佛陶渊明所写的桃源，可惜问津之人尚不多，这怪我们宣传不够。那地方明清时是个有名的胜地，"鹰窠顶"为湖上高峰，可看海中"日月并升"，山麓的"西涧草堂"为一座古藏书楼，其旁有西涧，清流数弯，望凤凰诸山，倒影湖中，而涟漪荡漾，斜阳红半，恬静得使人有出世之想。

这些景物的描绘，暂时姑且不谈，凭游人自己去想象吧。如今要谈的是杭州湾，距离上海仅八十公里，与去淀山湖的路程差不多，但开发起来却比淀山湖的条件有利得多，经济支出也少。如果以近年的交通讲，不要一个小时，上海便到南北湖，"上帝"给了我们上海人民这样一颗明珠，也可说是上海人的清福不浅吧！

可是上海的某些单位却目光短浅，专向南北湖买石头，将许多风景点在不断开山时破坏了。物质文明是重要的，但到了有一定物质基础时，又要想到精神文明，大城市附近的风景区是大城市人民最宝贵的财富，因此我要呼吁，在规划"黄金海岸"时，千万不要漏掉这颗明珠。要利用风景，不要利用石头，石头用光了，风景没有了。要把风景当作无限资源来看。将来"黄金海岸"建成功了，南北湖如能规划在内，得到发展，其名必不在西湖、瘦西湖之下。

说景

　　五月的江南，绿染芳郊，小径虽然红稀，但还有些闲花点缀着，郊游并没有过时。北京赵朴初老人来上海，他那慈祥的笑容中，希望我陪他同去青浦金泽镇勘查颐浩寺遗址，因为同行的真禅和尚发愿重建，所以有幸作了一天小游，在那天下午还畅游了淀山湖。

　　淀山湖的大观园，老实说兴趣不大，因为本来大观园是宅园，如今以郊园方式出之，是否"得体"有待商榷，而且我最讨厌的是那大门口照壁浮雕上戴了胸罩的十二金钗，令人啼笑皆非，但转思一下，也便释然，好在淮海路有家古今胸罩店，可能是这家店里出售的古胸罩吧。

　　一个人不能没成见，但成见有时可能转化的。大观园建塔，来征求过我的同意，亦商量过方案，可是造成后我却没有去过。这次从金泽镇发车，远远地望见了这浮图引起了我的遐思，解除了过去进得园来，方知春色如许的心理。使我进一步明白了西湖为什么造雷峰保俶两塔，又为什么水网地带有那么多的塔，航标也罢，镇风水也罢，但我简单的感觉，大观园有了此塔是引景引人，这一笔将整个画面般的景区点活了。

可能酸丁积习未消，简化字没有学好，常常在风景与园林中，挑三剔四，自觉罪过，但不幸在大观园匾额中，居然出现了"有凤来仪"，可能我老眼昏花，亦可能是简化了吧，但"有凤来仪"的"凤"用繁体字来写与风字的差距还是大的（鳳、風），也可能书者未错，做字的人"偷工减料"了，但是主其事的又何至漫不经心如此呢？建园难、造园难，"屋肚肠"（内部陈设）更难，匾对书画摆设最难，我不希望在园林中的室内布置，出现像文物商店，这是一门学问，要有考证，要细细推敲，尤其是有历史性的园林。

闲话少说吧！匆匆下船，在下船前，我已为大观园的塔所陶醉了，本来淀山湖无山，只有余下八公尺高的淀山，大观园不突出，没有仰视的借景，如今不论走到哪个院中，却能见到此秀挺的塔影，可说是移步恋人。偌大的园子，感到亲切，不空旷，看游人也觉得它好，但可惜他们说不出道理来，只能是"相看好处无一言"。

到了船上，穿出拱桥，回望大观园，真可说是"面面有情，环水一塔塔映水"，这个半岛绿得如水晶盆中的碧螺，而塔呢，秀出云表，从塔的引人风姿，使我联想到塔下的园林，我的感情就是环绕着这塔的四周，我愿化为水中的水草、游鱼，能朝夕在这塔影的怀抱中荡漾着。我斜倚船舷，浮上了种种幻想，我憎恨水浪打破了塔影，我从塔上的日照的移动，船行时所形成塔与景不同的变化，从图中的静观，到水上的动观，这八角形的多面体，处处随人，实在太可爱了。本来这塔是水塔，设计者仿北京大学未名湖的塔而构思成的，可是如今因选址得宜，效果远远超过前者。北京大学现在环校皆高楼也。将来未名湖的塔，无出头之日了。深望大观园四周，淀山湖四周，不要再造那出人头地的高楼了，那么大观园塔，将永远留在游人的心目中，将有多少的诗篇多少的画本来歌颂赞美它。

雨狂风色暴，梅子青时节，小斋中枯坐，几日前的清游，暂时的浮思，亦不过佛家所谓求解脱吧！

湖心亭怎么办?

　　林放同志在本报（新民晚报——编者注）《反过来想一想》一文写得太好了，柔情未了，又勾起我上海市城隍庙湖心亭的旧事。豫园是国家级重点文物，也是上海唯一的国家级古典建筑，湖心亭它是豫园的组成部分，从四百年前豫园建成时已早形成了，在中央批准国家级重点文物的文件中，也将湖心亭放在豫园之内。我在本报中也屡屡写文，呼吁南市区商业部门将湖心亭完璧归赵。我又忝为上海市政协委员与文物保管会委员，提出了归还湖心亭的提案。可是，"苏三案件发还洪洞县"，当然苏三还是冤沉大海，永无昭雪之日。我看将来茶室火神临门，大祸临头时，后果谁负呢？

　　这两年来，文管会开会，委员们提出了很尖锐的意见，有的委员说得好，现在报上说湖心亭老茶客减少了，几乎没有了，都是一些青年谈情说爱，那么商业部门强调老茶客品茗这条理由也该自趋不存在了。我两年来为了重建豫园东部，扩大了豫园空间，很快地增加了中外游客，外宾说得好，豫园是"沙漠的绿洲"。但这绿洲组成部分之一的湖心亭，如今还没有得到应有的重视，"老大仍作商人妇"，我曾建议过将湖心亭归还给豫园，割去后部的不合理的建筑，作为风景点，任游客登临，将九曲桥改为低平的明式低桥，豫园的空间扩大了，豫园的游客可更多了。比几个坐在那里闲读的人，比从他们手中得到茶金也更多，那时三穗堂外一片水景，湖心亭玉立波中，夹岸垂杨，是多美的意境啊！林放同志说"政府公房被居民占用，县长以法定代理人的身份向法院起诉，收回产权"，那么我要提出一个问题，湖心亭的产权是谁的，是国家级重点文物保护单位。上海市文物保管委员会又如何执法，我不懂，我作为一个老读者，读报有感，提出来与大家商量，并请问有关方面该怎么办，湖心亭不要再做苏三，使它早日成为豫园景点的一大部分。

附林放文章，刊于 1988 年 1 月 31 日《新民晚报》第 6 版

反过来想一想

林　放

　　某县人民政府有一间公房被居民占用，县长以法定代理人的身份向法院起诉，打赢了官司，收回房产。

　　这位县长很值得称赞，因为他收回公房，不是以势凌人，而是依法解决，表现了法律面前官民平等的法律意识，这是很可贵的。

　　但是，事情还有另一面。不妨倒过来想一想：假如是官占民房，或者公家里的人占用居民的私房，老百姓能跟长官打官司吗？打得赢吗？打赢了能执行吗？在这一方面的法律意识，也还需要大大加强才好。

　　这样倒过来想一想，我们就会看到法律面前人人平等也还有一个完善化的过程。

　　又看到一条消息说：某市市长微服察访物价，多方调查，取得第一手的材料，回来采取种种措施，纠正了许多不合理的涨价。

这位市长是一位包拯、海瑞式的好领导，值得我们钦佩。

可是也不妨倒过来想一想：物价这个东西，千千万万的消费者也是"微服"跟它打交道的，再清楚也没有了。但是，他们也只能议论议论，无法干预。一定要等市长同志微服私访才解决问题。

这样倒过来想一想，我们就会看到现在的民主还滞留在七品芝麻官为民作主的模式；依赖干部为民作主的清官意识还浓于由老百姓主动当家作主的意识。社会主义民主也还有一个完善化的过程。

呼吁

近来时常接到一些素不相识，而心肠绝善良的人来信，要求我为一些遭受不同程度破坏的风景与文物作呼吁，老实说，"起舞已是无气力"，我实在太无能为力了，人微言轻，凭一点学术界的虚誉，不是实权派，有什么用呢？我读罢来信，唯有沉默感叹而已，历史是无情的，没有永久保存下去的东西，也许地球终有一天毁灭，自我解嘲吧。

国家有风景法，有文物法，我们正在实行法治，而事实呢？许多地方都是长官意志办事，越到下面，越是有些"土皇帝"的作风。"上有政策，下有对策"，各干各的。总的一句话，为了孔方兄，什么风景、古迹、文物，由它去罢，如今要说的又是老生常谈，年年讲、月月讲、日日讲，再讲下去，自己也感到太不识时务了。

菜馆里的回锅肉可以天天卖，而我们的这种怨而不怒的牢骚，又将发到几时呢？实在没趣了。今天又接到几封要我呼吁的信，我执着沉重的笔，又来做"无益之事何以遣有涯之生了"。

远的管不了，近的来叫叫。春天很多人从上海附近海盐南北湖回来，开口就说，我们从老山前线旅游归来的，风景虽好，炮声隆隆，陈老师你救起了南北湖，却调解不了地方战争，抢石头、炸山破坏风景，山顶一望满目疮痍，问我有办法吗？我说中央的风景保护法也给了海盐地方政府，然而风景法在地方等于变戏法，起得了什么作用呢？好在石头是卖给上海人的，上海人是可说聪敏了。有人要，就有人开，我国地大物博，有的是资源可开发，开发公司不是最时髦的名词吗？

再说吧上海有南市豫园的湖心亭，在国务院批准的全国重点文物项目内，湖心亭不是茶馆店，是豫园范围内的一景，南市区政府应该令商业局归还豫园，最近开的市政协会议，不是对此有"还我豫园"的提案吗？我这多事者，也不知大会小会中呼吁过多少次，大小报文章也写过多少次，然而"痴婆娘等汉"，总是扑个空，上海是全国著名的历史文化名城，豫园是名城的一块王牌，南市区也引以自豪的，为什么悬案就不能结束呢？

一月前豫园旁边的工人宿舍，不慎失火，居然引起了各界对文物火警的重视，幸亏这次没有波及豫园本身。而湖心亭呢，是豫园的一部分，生火卖茶、香烟等导致失火的皆有，而又为什么不禁止呢？"星星之火，可以燎原"，这句话，可能已过时了。现在南市区政府已规定豫园中木构建筑内不许有火及吸烟，但湖心亭这样一个大火种，不禁止，不交出这又如何解释呢？我希望上海不要辜负历史名城这个光荣称号，将文物法令认真贯彻起来，湖心亭重归豫园怀抱，作为风景旅游点，摘掉茶馆店帽子，杜绝火种，永葆青春。

东湖雨后

是一幅画，是一首诗，我有些模糊了。雨后的绍兴东湖正如酒后薄醉，看得清，看不清，要仔细着意，摆脱俗情去看，我不想成高士，但眼前的景物确使人飘飘然。

三十几年来，我不知到过东湖多少次，安排花木点缀泉石，真正留下磨灭不了的柔情，要算这次初夏雨后初晴的清晨了。我原意去东湖为友人作几幅画，但一入景区，小坐"扬帆"舫，便不移步了。似乎有种迷醉人的幻觉，使我痴了，啊，山水之美有胜于美人呀！

本来我屡到东湖，似乎是半个工人，足不驻步，没有半点闲暇。这回却不再是"园盲"了，要低眉斜视，看中有想了。原来人们看东湖，都是仰面看山，而我呢，却要倚栏闲眺，不用从头看到脚。

看山不能忽视水，水中的山是幻景，虚实相映，而断崖，水湾，小桥，岩洞，却是景之眉眼，变化亦最大。雨后的东湖，山色太华丽清新了，仿佛是一幅宋元青绿山水，山痕的斧劈皴，是南宋水墨山水难以下笔的。石色在雨后斑驳成多种色彩，苔痕滴翠，点缀着一些黄花，真是一尘不染。我怀疑，这种颜色，可能人间尚制造不出呢？林间的鸣禽，夹杂了许多新鸟的歌喉，并不是清一色的叫声，我希望听惯迪斯科曲的朋友，不妨在这种没有一点市气的环境中享受一下，可以多少脱离点凡尘。越水清，自古美赞。水清要有石，山水相接的静波，那才耐看了。石在水中忸怩作态，偶然来了几尾游鱼，又摇漾了寂静的止水，这中间可以悟彻人生，美并不是在灯红酒绿间，小径依稀，东湖没有大道，不见汽车扬尘，要信步闲行，初夏天气，清晨十分宜人，湖区多的是竹与芭蕉，万竿滴翠，蕉叶遮阳，淡妆的东湖，比浓妆的西湖，在身份上也许较高一筹罢？

水游于山影柔波中，轻盈得如浮萍，没有丝毫的目的，让它去荡桨罢？山穷水尽，船弯入水洞中，观天一线，山水几滴，寒意侵入，人多少有点清醒，大自然原是能教育启发人的。

"宛自天开"是我东湖题壁。东湖原是古代采石之地，可见古代人没有炸山，将石头粉身碎骨，而是很平整的一层一层取石。到后来因地制宜，略加整理，山容水貌便出来，古为今用，这对现在的开山，大有借鉴之处。要石而得景，这中间大有文章可做，东湖就是典范，为什么要石头而吞灭风景呢？值得深思，如今有多少山区人在做蠢事，最令人发指的就是要石头不要风景，干干净净全部肃清，愧对祖宗，贻骂子孙，更不能以东湖为先例，借此乱开山。"还我自然"这个道理还有必要讲讲，风景是资源，要重视它啊！

一九九〇年五月

滇池虽好莫回头

昆明滇池大观楼的长联："五百里滇池，奔来眼底"所描绘的风光，我向往了几十个年头。"岂有文章惊海内，漫劳车马驻江干"，我与大观楼长联作者孙髯翁一样，一介寒士，本以为今生无缘上昆明了。谁想去夏昆明安宁城建局李康祖同志特地来上海，坚邀我为该地设计一个古典园林，并已买好了飞机票，有"州司临门，急于星火"之概，于是匆匆上了晴空，二小时多到了这花城昆明，住在温泉，正是小神仙了。

我来昆明不是"游"，也不是"白相"，我是为昆明添美。我得首先完成园的构思与实地情况的配合协调，决定了"楠园"的设计。因为这园是以楠木为主题，象征了云南的特征。所以从建筑材料，到园内配置的家具、匾额等，都是用的楠木，这是本乡本土的出产，不必舍近求远了。

温泉小住，确是恬适的，"闲中风月，老来书画"，在漫游昆明景色之余、就是这样安逸地度日，唯闻风声、鸟语、泉声、谷音，助我清思而已。但清思中未免有些牢骚，也是人之常情吧。因为滇池归来，有"恨不相逢未嫁时"之感，我后悔没有在"文革"前上昆明，滇池犹是女儿身；我恨没有能好好地体验一番大观楼长联的意境。我有些惆怅，自怨自艾，为什么我们专门做上对不起祖宗，下对不起子孙的事呢？为什么我们有时连起码的智慧都没有了。如今这滇池不是旧时我想象中的滇池了。滇池是一片凄凉。凄凉什么？它成了人们竞相发展的目标，水面越来越小，五百里水色山光，如今是无从说起了。我在龙门山上，题了"回头是岸"四个字，可能是触景生情。佛家教人回头是要人为善，我在这里引用是向人说明，自然风光的保护是多么重要。大观楼长联明明写得很清楚，而今却是见岸见田见人家，不见水了。我的怨而不怒的讽词，不算过份吧？

关于大风景区的保护，我屡屡提出"还我自然"这个口号，可能是"诚则灵"，似乎已得到很多地方领导的重视。"文革"的创痕，滇池的不幸，是过去了，希望今后能还我水面。像云南这个"花国""石林"，何异于天然珍宝，要珍惜，要像爱护眼珠一样地爱护它。

昆明归来，已见半载，但拳拳之心，无时或释。1990 年春节，迎客之暇，写此小文，我梦想看昆明的茶花，云南的沱茶，等"楠园"竣工之时，必有"花下忘归因美，樽前劝饮是春风"的一日了。

刊于 1990 年 2 月 9 日《新民晚报》第 6 版

议游

说游

祖国大地，湖山秀丽，春秋佳日，偶作小游，浅草没马蹄，金风送归棹，扬鞭荡桨，笑语从容，确是令人神往的乐事。但近年来出游每以汽车代步，人影匆匆，过眼风光，即西湖久以荡舟湖上著称，一度也易以汽艇，似乎"现代化"了，可惜破坏了游兴逸致，实在未敢苟同。

本来山水之美，各极其妙，有的重峦叠翠，有的浅滩流声，游者须缓步轻舟，细心观赏，神会意到，诗情画意，才能盎然而生。古来多少优秀的文学艺术作品，就是在这种境界中孕育、产生的。因此，登高解鞍，临流呼棹，是可以增加不少游兴的。过去游扬州瘦西湖，要从城内小秦淮开始，慢慢荡入湖区，有层次，有节奏地摇到平山堂脚下。湖虽瘦而丝毫不觉其局促。广州荔枝湾，两岸亭馆，隐现于荔枝之间，画舫轻漾，转入珠江湾，顿觉豁然开朗，眼目清凉。两地情致仿佛似之。最近扬州已整顿了小秦淮水系，恢复舟游，博得了人民的称赞；而我去年到羊城，求荔枝湾不得，盖已废置。流风消歇，怅然久之，立河桥赋："西园一曲尚泠泠，人远江南入梦痕；佳话荔湾成影事，千秋功过向谁论"句。两地相比，感慨系之也。

北京颐和园，原先也可以由水道乘船前去，杨柳夹岸，宛如江南。如今是"除非春梦里，重见漾轻舟"了。过去游八达岭、十三陵，可跨小毛驴代步，鞭影蹄声，亦多闲致，既可锻炼身体，亦足以调剂精神。济南大明湖，面积不大，如坐汽车，几分钟便跑完了。前番往游，泛舟夜渡，雪影依稀，湖中央的历下亭在夜雾笼罩下，境界幽绝，此类美感，唯解人能心驰而神会。有些旅游事业的工作者，似乎只要让游客足迹履及，就算完成任务；有些风景区管理者，向往着全部自动化。于是，游湖乃成"看湖"，游山变了"登山"，将来直升飞机普及之后，可以从天上观赏，几分钟解决问题。速则速矣，其奈失去了"游"的意境何？环湖马路，登山电缆，幽径变敞道，明湖若游泳池，登山如上摩天大楼，这样又何必到风景区去呢？山水之乐，要细细领略，如全部以汽车、汽艇为交通工具，来去匆匆，到此一游，唯吃喝而已，这岂不像《儒林外史》里的马二先生游西湖，全无会心，茫然大嚼而归一样了吗！

去冬到美国，纽约市的大道上，至今还有大马车，老者坐着优游以进，想来也有不同的情趣。归国时经瑞士日内瓦，小游二日。日内瓦湖中就有各种各样的船，从小木艇到大船，游客可以各取所需。湖光潋滟，山色秀丽，弃舟登岸，岗上小径纵横，任我徘徊，山崖水角，小坐片刻，野草闲花，俯拾得之。他们的交通事业可算发达了，但其现代化设施却致力于如何使旅客在航空、公路、铁路等旅程中加速，而到了风景区则不像我们那样百尺大道，一览无余，倒是山重水复，柳暗花明，尽量使游客有兴趣多流连几天。旅游事业在国外极受重视，我们祖国有这样的悠久文化、大好河山，问题是应该怎样通盘筹划，怎样保持自己的特色而又取人之长，把旅游事业搞得兴旺起来。

一国有一国的特点，一地有一地的本色。希望负责园林建设的同志，多学点地方历史，多看点名胜志，将本地佳胜的来龙去脉摸摸清楚，然后考虑怎样恢复、发展。友人秦新东曾说："如果把天平、灵岩过去的名胜一一恢复过来，肯定会比新的建设规划好。"此话很有理。每一处名胜古迹的建成，实际是千百年来劳动人民智慧的结晶，没有必要盲目地推倒重来。比如，泰山松在泰山本有其历史的意义，今日却在泰山种上了外国的雪松，让泰山换上了西装，外国游客又何必不远万里到泰山去欣赏他们自己的家乡风光呢？听说有人提出要把扬州的瘦西湖改建成像长江三峡一样，就不知道怎样才能做到"两岸猿声啼不住，轻舟已过万重山"？这类规划，主其事者的头脑中实在缺少点儿历史唯物主义。

一国的名胜古迹、风景园林，代表着一国的文化和文明，不能等闲视之。镇江南郊诸山，是宋代大画家米芾"米家山水"的蓝本，近年来为了开采石材，毁掉了一处名胜，这是得不偿失的。济南原以"家家泉水，户户垂杨"著名的，现在快是"柳老不飞絮，泉涸不闻声"了，如不迅速"抢救"，何以对后代子孙？

信手拈来，写了这些，愚者之见，容有一得。总的来说是希望有关部门能从历史的、文化的角度，兼顾精神享受、经济收益等诸方面，统一筹划，把祖国的名胜古迹、风景园林建设得更加美好，使之为四个现代化服务。

一九七九年

旅游的艺术

暑假开始了，多少青年们都想往外跑，到黄山、庐山、青岛、普陀山、莫干山……去畅度他们的假日，开阔他们的心胸，这种良辰美景，我们过去在旧社会做学生时，是做梦也想不到的。

说起旅游，也大有游的艺术在。出游前，必然要做些准备工作，少不了先翻一下地图，弄清风土人情，明白那些历史的由来，名胜的特征，甚至于传说等等，并且趁此做一些力所能及的学问。我记得我弄清明故宫的历史与遗址，就是在一个暑假，我的亲戚叫我上南京小住几天中得到的，四十年来记忆犹新。旅游如果带上一点近似这种意图，多少比吃喝玩乐好得多呢！

游是要有所准备的，准备什么呢？就是平时的文化修养，它包括历史、地理、文学、戏剧、美学、音乐、生活、文物……你知识面越广，你的游兴越足，越看越有味。明代徐霞客旅游一生，终于成为世界上有名的学者。那些文学家、科学家，又有多少名作是在游途中所产生的。如果你出游归来一无所知，仅买了一些土产品，等于盲人骑瞎马，"拉练"一通而已。

名山大川其所以著于世者，这是因为它们各具风貌，相互争雄，除山水外又都有独特的历史与文物。上泰山不登十八盘，未看经石峪的石刻，只是坐一次电缆车，上下来回，在南天门报个到，我想太简单化了一点吧！如果为坐电缆车，何必一定到泰山。其他如去黄山，要排队到温泉游泳池泡一下。到镇江不知南郊山水是宋代米家山水的蓝本，却又非要去金山寺吃上一顿素斋不可。温泉不止黄山一处，素斋亦非只此一家。但黄山的云烟，镇江的泉石，这是各有独到之处，为什么古代的画家石涛与米芾他们能独具慧眼呢？

风物有南北之殊，辰光有朝夕之分，四时之景无不各显其妙。我记得有一年梅雨时分，车过江西去长沙的道中，细雨霏微，白鹭翩跹。在这浅画成图的境界中，很自然地念出了"漠漠水田飞白鹭"的唐人名句，感受是那么的亲切，比老师在课堂讲上百遍的效果还要好。在这时我看看旁边的几个青年，他们聚精会神在打"桥牌"，我有些茫然了，但更为出奇的，有许多风景区的亭榭中，也都挤满了这许多的爱好者，我颇敬佩他们不远千里，来享此"清福"。

奇峰异石，小桥流水，垂柳夹道，杜若连汀，雄峻与清逸，皆能移情兴游，使人从城市烦嚣的生活里消受几许清闲，园林与风景其所起作用在此，如果说山林城市化，又何必做此劳民伤财的蠢事呢？

游者，也是批评者，祖国的锦绣江山，名园芳苑，容我们盘桓、周旋、信步、小坐，游者既要欣赏，又须议论，合理化的建议能促使风景更为生色，当然首先文化的修养又是必备的。各种文学艺术的提高，要看有没有高度的评论，世界上真正美的东西，我相信大家看法必定一致的。

游也不易，让我们在旅游中真正懂得欣赏祖国的秀丽风景！

一九八二年七月

值得提倡的文化旅游线

　　近年来我国对旅游事业，在各方面都作出了努力，同时亦呈现了可喜的成绩，尤其在风景、古迹、文物等诸方面，次第经过了整理，每年接待了从四面八方东西各国来的友人，促进了各国间的友好，同时对广大的国内人民，亦赞赏了祖国河山淘美，文化瑰丽。但是对这项事业，我还感到不够全面，还没有发挥潜力，问题看得不深，文化性研究得还少一些。

　　我应浙江嘉兴专区之邀，到那里作了数天客，临别赠言，总得说上几句。我提出了文化旅游线这样一个好题目为什么不去做呢？引起了当地的注意。我如今对那里的自然风光，名胜古迹，姑且不谈，单就名人故居作为一个旅游项目，也够引人遐思了。我们知道浙西是文化荟萃之地，历史上出了许多名人学者，流风所披，降及今天，也是人杰地灵之处。在国外瞻仰名人故乡与故居，是最能予人以景仰与写作的好对象，往往留连忘返。那些名人故居，修理得非常完整，环境亦维持了原来面目，每一个游人，到此油然产生了种种思绪，因而写出了很多有名的诗文。再从我们前人的集子中，所载的诗文作品，亦多低徊成诵的。嘉兴这地区历史上培养了很多的学者文人，以及其他有代表性的人物。因此就今日遗留下来的名人故居、名人之墓，还是在全国范围中，很是突出的。试从杭州出发，到桐乡的新市茅盾故居，石门湾丰子恺故居，往东海宁盐官的王国维（学者）故居，硖石的徐志摩（诗人）故居与墓，蒋百里（军事学者）故居，蒋氏衍芬草堂藏书楼。嘉兴王店朱彝尊（学者诗人）的曝书亭园林。市内沈曾植（学者）的故居，及近市的墓地。沈钧儒（近代名人）故居。还有钱正英同志的老家，等等。可惜海盐张元济（学者）的故居被无知的中学校长拆去了。我一下子先提出了这许多人的遗迹。

保护与开放名人故居墓地，一方面使参观者得到对前人的敬仰，对他学问的了解，并懂得很多文化方面的知识。再从我们搞建筑的来说，它既留下了各种不同时代与地区的居住建筑与园林，留下了实物，并且与人的生活相联系起来，是最好的教材与建筑史资料。就我提出的上述几个点，茅盾的故居，小小的一座江南村镇建筑。徐志摩的则为二十年代半新式洋房，蒋百里的是小庭园式的住宅。沈钧儒的还是清乾嘉时古建筑。沈曾植的是清末的新式楼居。总之形形色色，丰富多彩。在这些故居中，今后当然还要陈列主人的作品、事迹，是一座座最真实亲切的小博物馆。这样我们的旅游是搞出了新的名堂，打出了一条文化道路。我想国外既有先例，历史又有事例可征，想来不是废话吧！

半生湖海　未了柔情

　　"旅游"两字对我来说，一点也感不到什么新奇、向往，或者引以为是件乐事，或者时刻在盼望着的。半生湖海，东西南北，跑到今天也有些疲惫与困顿了，吃一行怨一行，人家以为乐，而我却有些苦恼了。

　　旅游是乐事，尤其春秋佳日，一叶扁舟，两行垂柳，远山近郭，曲渚平泉，都是处处入画，引人遐思，抒我怀抱。挟飞仙以遨游，抱明月而长终，超然物外，确是有益身心的好事。然而我的职业是古建筑与园林，因此天下名山，世上胜迹，都有必要去跑跑。我的友人曾送过我一副对联："几多泉石能忘我，何处园林不忆君"，亦算一往情深了。但是又为什么怨，到如今有一天能闭门养神，小斋盘桓，静中生趣，是最大的清福了。这原因是我的职业像旅游，而我却从未有旅游的想头与受到旅游的乐处。几乎变成出诊医生，到一处便是病家围住，却又不能随便开方，性命交关，医师是要负责任的。人目为是乐事，而我则有口难分辩。当然人是有感情的，还是会触景生情的，记得在山东潍坊十笏园临行时所吟的几句俚语："老去江湖兴未阑，园林佳处说般般，亭台虽小情无限，别有缠绵水石间。"十笏园的景物，我是至今难以忘怀。苦与乐是相对的，人们对我的尊重，就商于我，我应该乐于周旋，但自问才疏学浅，有时又应付不了，常常引起思想中苦思深虑的痛苦，于是干脆少出行为妙。"人到多情情转薄，而今真个不多情"。"屏却相思"罢，但反过来虽是"近来知道都无益"，到头来还是柔情来了，继续过我这种近似职业的旅游了。

在国外遇到有社会地位的人，他总是说我乡下有别墅，我每年要出外旅游，好像这样是高等的人有文化的人。他们厌倦都市生活，爱好自然，这不能不说是他们比我们进步的地方。因为已经认识到旅游中包含着很多的文化与学问。老实说，我今天薄有一点微不足道的成就，一半是从书本中得来，一半是从旅游中得来，这是一个大课堂，大教本，它比教室书本灵活广泛深刻得多。那要看你带了目的没有，有没有求知的欲望，与在旅游中应付出的辛勤劳动。"学向勤中得"，旅游就是学。

　　我从小就有爱好风景名胜的习惯，我是生长在西子湖边的人，当然自小对于六桥三竺、灵隐虎跑，以及宋临安古城遗迹，都感到兴趣。向父老与教师处得到他们的传闻，星期天去做所谓踏勘，逐渐开始怎样去查文献资料，自己也渐渐写点小文章。这样我觉得览景看物，就不是人云亦云，道听途说了，有很多不懂的地名也知道了来历，进而了解了当时的历史情况。我在今天还是主张地名少改为妙，因为旧地名有其历史根源，它是对当地历史文化最好的证物。比如苏州的三元坊、杭州的六部桥、北京的宣外等等名称，是增进乡土历史教育的好材料。我离开了童年生活，已是半个世纪了，至今还是感激那时老师对我进行的背诵诗文教育。什么"山不在高，有仙则名，水不在深，有龙则灵，斯是陋室，唯吾德馨"等等。当时虽然如小和尚念经，有口无心，但是经过朗朗成诵后，一辈子也忘不了。尤其那几篇怀古文章，一经古人点破，真是其味无穷。近来曾看到我的一些学生，他们在写风景美学，我问他们你既不能诗，又不能画，怎么写的，他们回答得好，我们将有些地方留空白，查到了诗与画论再填进去，何其巧妙的填充法啊！我不禁唏嘘不已，如今写作也是装配式了。我这里提出这一件小事情，也就是说明一个问题，旅游如果先作些准备，那去到目的地，其收获与情味迥然不同一般人，而且更使你会有第二次或第三次重游的必要。

旅与游这两个字，在我的体会中，有时应分开，有时应相合，照例讲，旅应速，游要慢。这在距离较远的条件下，必定要缩短旅途时间，以增长游的辰光，应该这样做。但是如果旅途中又是有极好的景物，而且路程不长，我还是主张走比船好，船比车好，车比飞机好。我自身的体会从走出来的游，真是仪态万方，变化无穷，随时摄影，随口闲吟，父老田间，少作清谈，而土酒清茗，远胜餐厅，闲适而恬静的小游，比坐那豪华的轿车，恐怕更多真趣，增加更多知识吧。

人们在旅游中，总要有点小"乐胃"，我觉到土酒乡肴是最有风味的。我留恋的一次是在绍兴兰亭，管理员为我们弄到一条鳝鱼清蒸了一下，另外一盆雪里红炒豆腐干，一盆肉饼蒸鲞，外加紫菜汤。坐在右军祠水殿中，兰香盈袖，几杯绍兴酒，同桌者皆略带醉意，这种境界，什么广州北园酒家、上海锦江饭店，都是无法比拟的。穷也要穷得美，丑也要丑得美，美的境界并不是单凭金钱可以买到的。我每到一处总要带点纪念品，既是纪念品，就得要有地方的特征，它是永远作为回忆的最好东西。我拾回过韶山的卵石，带回过泰山的松枝，养活了扬州的蒲草，等等。我的经验，舟车中是最好构思成诗、或成文的时间，那有节奏的震动，是促使思想更加敏锐，常常会出现佳句美章，写游记来不及，那短小的诗篇，是最概括最精炼的游记，以后翻阅时，可以勾引起无边的当时游兴，如鱼饮水，惟有自己最能理解亦最能欣赏它。老实说，我的游记式的诗，大部分成于舟车之中。我在漫长的岁月中，旅游对我来说是学问，是文化的摇篮，在提倡精神文明的今天，旅游能导之于有高尚的风格，它所造成的效果，转过来将对物质文明起着巨大的影响。

一九八三年四月

西湖的背影

六月我去绍兴，汽车过杭州，没有经闹市区，从西湖背面径道上钱江大桥，湖面仅见到一角，是个背影，仿佛女演员进场，回眸一笑，却百媚乍生了。世间的美，不必看尽，有时留恋与回忆，却往往比面对着来得动人。

回来后这几分钟的车行却带来了无限的遐思，我自信眼未昏花，有选景择景的能力，也许与我本行有关。车将到卧龙桥，我就开始注意了，果然郭庄（汾阳别墅）到了，虽然粉墙断垣，是正在修理，负责的人是我学生陈樟德，早要我去看一下。这园的得到重视重修，应该感谢《新民晚报》登载我那篇《郭庄桥畔立斜阳》文章，不然可能今天已破毁无余了。我感到欣慰，所以无论如何要下车去看一下，这是救园人的心愿。

进得园来，陈君不在，我独行、独看，人们也不认识我，我只当做一个临时游客，倒也十分自由。几年不见已是卸尽残妆，还我初容，再打扮一下，是绝世佳人了。应该说是西湖私家园林硕果仅存者。我救此园正如我过去救苏州网师园一样，心情是可理解的。将来也可与网师园一样，名震世界。"不游郭庄，未到西湖"，有那么一天吧？

郭庄有副旧联，题的是："红杏领春风，愿不速客来醉千日；绿杨是烟水，在小新堤上第三桥。"写得太美了，园景全出，我立在湖边望苏堤，又做了不速之客，自己感到太超脱了。游园就该以这样风度去游。陈君颇能解我意，修旧花园，应该说是复园，要体会当时设计时的意境，还它本来面貌，如今已能依稀看得出来了，等于一张照片在显影药水中，渐渐清楚了。

湖畔的素柳，蒙蒙像一层薄帘，斜阳反射了湖光，有浅有暗，苏堤如玉带般平卧在近处尽头，轻盈得柔弱无力，仿佛浮在水上，飘逸的清态，更是一尘不染，南宗山水秀润之笔，于此得之了。坐久两忘机，归途入梦迷，车匆匆去山阴道上了。

畅游固好，小游亦佳，我这种应该说是忙里"偷游"。也许自我感觉中，这次"偷游"郭庄，看了一个西湖背影，却留下了迷离难忘的幻景，太依恋了。

一九九〇年七月

无书游旅等盲君

无书游旅等盲君

前年我为《旅游天地》写过这样一首诗："山湖处处我钟灵，往日春秋别有情；说与常人浑不解，无书游旅等盲君。"刊出来后，大家都说这是为游园"扫盲"。二月间，港台两地发行我的新著《中国名园》，没有贺辞就重复了这首诗，将"山湖"两字改为"名园"，感到如今才尽了。五月间同济大学出版社要出版我的第四本散文集《随宜集》，其中多数是一些写园林与风景的散文，我不想成名成家或以稿易钱，不过是希望大家对大好湖山、佳美园林，有些较高雅的游兴去品赏而已。

这次梁谷音去日本讲学，在《新民晚报》上写了许多日本戏剧情况，有许多地方将园林联系起来谈，人亦评论她水平高，有艺术修养。这些是她游园的体会，是悟心。司马迁说得好："文以好游而益工。"我说文章既是好游而益工，为人、为学，能好游，哪有不提高自己见解的呢？游不是白相，看山看水，听风听泉，都存在高度的哲理，观人情风俗又可增长知识，即使遇着不愉快的事，也可静下心来分析分析事态，总之，正常的旅游，是一个世界上再也找不到比它好的课堂了。

"与人无争，与世无怨"，为人要如此，旅游亦应如此，我提倡"春游随宜"亦是这个道理。春游是个忙季，大家要争好地方，其实，四时之景，无不可爱，钟情山水，是在个"钟"字。"钟情"是"生情"，情人眼里出西施。我曾说过为"竹"描容，画了半生的竹。风景呢？我是人弃我取，在人们遗弃中，不出名的风景，却如村姑一样真有美的东西。海盐的南北湖，苏州的石湖，几乎皆要灭亡了，我救了出来，而今名声一天大一天，游人一天多一天，这叫伯乐相马，货真价实，因此名气大的地方，游人多，我们"与人无争"，正如大鱼吃不到，小虾味道好，倒有真味。比一些满眼假古董的素鸡素火腿味道美多了。这样游得悠哉，自适，心平而无怨意。

上海春游何处

上海的园林也不少，最近的是南市豫园了，小中见大，可说包括了中国园林的大部分手法。玉玲珑观峰，涵碧桥观鱼，谷音涧听泉，水廊信步，积玉峰小坐，如果有半日清暇，早点进园，初阳煦照，水面笼雾，该是赏心乐事了。远点嘉定秋霞圃精巧宜人，那古木下一碧涟漪，鉴我寸心，游人也比较少，容我小坐，任我遐思，年老的人去一下能延年益寿。秋霞圃回来，过南翔，古猗园绕一周，心旷神怡，向晚回家，乐事从容。

青浦的曲水园，可能为淀山湖大观园掩盖了芳姿，其实我去青浦是很少去大观园的，因为我这寒士，怕见大观，穷得与这园不相称，由暴发户去吧。我愿在曲水园中小休，在夕阳红半楼闲坐，感到一种神秘的江南风味，这也许是谁也不肯相信的。我并不是贬低大观园，它那座点景之塔，确实是好，如果你能作水上之游，那风味就是与别处不同。如能舟行到附近周庄，江南水乡，风味可以书尽。在周庄品试一下"三味园"，这是名点，大城市梦想不到的，新鲜、味美、色洁，来这么一个点缀，太好不过了。

松江可以去，应该游一下"云间十八峰"，恐怕青年们有此精神。这明人的画本，清秀极了。上一下佘山教堂，欣赏一下佘山宋代秀道者塔，亦是美事。松江的古塔园、高家花园，亦可一游。

在市区还有一处大园，就是江湾的叶家花园，它是宁波人叶澄衷造的。叶澄衷做了两件好事，办了一所澄衷中学，培养了许多名人，如胡适之、王云五等；叶家花园可说是哈同花园不存后的上海第一座最大的近代私家花园，假山、流水、小桥、亭台，可畅游半天，不过现在不开放，我相信不久后是可供市人一游的。

爱好是天然

"料峭春寒中酒，迷离晓雾啼莺"。今年入春来天气总是阴沉沉的，前天居然出了一点微阳，小孙女媛媛说："阿爹太阳你几时买来的?"多天真啊！如今铜臭横行，小姑娘亦以为太阳是可以买的，未退余寒与我未灭童心，交织成一点复杂的心理。

我前年此时写过一篇《柳迎春》的文章，匆匆又是两年；后来又写过一篇《迟水仙》。如今柳尚未萌芽，而水仙已凋零，大城市看不到早梅，心境该多难受啊！那么在这样人间没个安排处的境界中，又该如何慰此寂寥之心啊！我总抱一种"无可奈何花落去，似曾相识燕归来"的痴望，对小园中的花木也是如此，我安排点书带草，修剪一个修竹，将菖蒲草移出来，几块湖石妥帖安置一下，也觉楚楚可人，等待它们来报春讯。不说我暗自欢喜，就是廊下的那只芙蓉鸟也叫得怪称心的。寻乐要自己去寻的。

我是爱绿的人，提倡"绿文化"，要先绿后园，几乎是人们公认的了。花是好，但"种花一年，看花十日"，感到花开盛时太短了一些时候，而叶则长青，终年可观，尤其那种赏叶的树，太有意思了。前时到香港，那大酒店的花卉布置太繁华了，但我仔细一看，原来花都是假花，枝叶皆是真的，这样可以蒙蔽观者，而维持长久的好花世界。这办法似乎比我们专卖假花，聪明多了，而且真假不分，倒有几分"哲学思想"。

中国人欣赏花是着重姿态（造型）不讲品种，因此野草闲花，枯树古木也多可贵。我们化无用为有用的哲学思想很多，老实说，我就是一个。我这里提出是希望大家，爱好是天然，寻游也罢，看花也罢，要有点超逸的情绪，这样无日不在自乐中，朋友，汝意如何？

欲说还休怨"旅游"

"旅游",多漂亮、多摩登的名词啊!"旅游"既是精神文化的享受,又是物质的享受。有了钱就要玩,玩也许便是"旅游"吧!但是说也奇怪,我近来怕谈"旅游",也没有钱的条件去"旅游",人家说你旅游,地方上请你不到,你只要开口,一分钱也可不花,何乐而不为呢?我默然不答,我沉默,我怕,我怕血压升高,因为我良心还没有抹杀,我不能浪费公家的钱,更是我对目前旅游的现状是有所不满的,干脆还是家里坐坐,听听昆曲,到豫园工地指手划脚便了。

最近泰山开风景规划会议,邀我参加,不去。我的态度一向很明朗,你们造缆车,我反对。造了缆车,炸掉了半个日观峰,泰山被破坏了,缆车变成了风景区的怪物,一见便升火,对不起,我不会自招痛苦。南雁荡山又要开风景规划会议，要评为国家级风景区，要我讲点话，我婉谢了，也不去，地方上用尽心计，托人讲尽好话，能够使得风景列入国家级。这样，列入建设，国家要投资了，地方上可以不花钱，坐享其成，巧妙的戏法，我是看穿了。为什么省与地方不肯花钱呢？原因是"生出孙子吃阿爹"，伸手中央，是极端的地方自私主义。再看浙江省的省级风景区，一钱也不肯花，地近上海的海盐南北湖，一年只有县里拿出十万元，任其开山炸石，炮声如同老山前线，省与县亦视若无睹，原因是江、浙与上海的边缘地区，是风景区最遭难的地方，江、浙两省不重视，怕将来并入上海，上海市无权管，因此污染厂，向这些地方建，石头砖头向这些地方要，运输更是方便，于是这个真空地带遭殃了，而风景呢？上海人又要去玩，残山剩水，满目凄凉，这叫做"全国一盘棋"吗？不是，是封建割据，所以浙江省要开南雁荡山会议，我有反感，也不去。

再说风景区无钱就吃风景，开石头，农民说"开炮一响，钞票上万"，比种田，搞旅游方便实惠多了，一分钱不投资，地方就可大吹牛皮，我们增产了多少，社办企业搞活了，真是白日见鬼，风景区有了一点钱呢？又不肯精打细算，热衷于造假古董，真山前造假山，破坏了泉水，装喷水池，低级庸俗的城市化建筑，以及破坏自然景观的道路缆车，真是不花则已，一花惊人。我怕，我还是保全老命，不去见这些丑态，自讨苦吃。

山有格，水有态，风景之美在于自然，仿佛与人一样，王嫱西施，不以燕支与天下斗妍，而大好河山，却如东施效颦，最好是能"近代化"，外国人说一句，中国风景建设与设施同外国一样，恐怕要开心得跳起来了。为什么在风景建设中，没有一点民族自尊心呢？风景区搞旅游不能一味讨好洋大人。但是洋人却又是爱看中国东西，那又为什么不冷静思考一下，研究一下，盲目的建设风景区。要知破坏了天然景观，是犯了上不能对祖宗，下无以对子孙的缺德事。问题很明显，对历史、文化、风俗……以及民族的特性等等，都要下功夫。旅游要搞得好、风景要建设得好，一句话是文化建设。没有文化是徒劳无功的，终于要走向反面。

一九八九年春

旅游琐谈

我国是个具有悠久历史与文化的国家，就旅游而言，一部《徐霞客游记》就是高度旅游的文化表现，他切切实实地做到了，千古定论，想来谁也否认不了，他没有谈"文化"两字，可是蕴藏了大量文化在。

如今"文化"二字现代化了，凡是不景气的东西都要冠以"文化"两字，满街饮料，要提倡茶文化，洋酒充市，要谈酒文化，服务态度不好，大叫商业文化，旅游变成"白相"，来谈旅游文化，其他类型这些我也不细细举了。

我们看问题，总是只见树木不见森林，部门太多了，分工太细了，工作上不去，来提倡口号，旅游上不去，大喊旅游文化，其实事物是很简单的，文化两字放在一边，来不得就叫一下救救急，具体落实到事物，也就由它去吧，一推了之。就拿风景旅游来说，风景管理部门管不好风景，乱开山，捕捉珍贵动物，损伤名木古树，乱建宾馆，大架缆车，等等，破坏了景观，又何谈文化呢？山间水边不品茗，饮料瓶子乱扔，又有什么文化？低级导游，瞎说一顿，则文化何在。寺院商业化，园林开商店，本是有宗教文化，园林文化的地方，如今变了样，上海用豫园牌子来作商场名称豫园商场，将来颐和园也要改颐和园商场，慈禧太后、潘允端要成为开发公司董事长了。

旅游地区用珍奇物品做生意，吃野味，猪肉已经不上席面，猪子如果不进行计划生育，将自趋灭亡，这又何名旅游文化。总之旅游文化，恐怕旅游局也是不能独家经营了。要全民来关心提倡。

我不知在多少次会议上，多少篇文章，说过山林不能城市化，可是少数人甚至领导，也爱山林城市化，最突出的是些大风景区，江西庐山历史悠久，将来庐山市政府也要放到牯岭去了，呜呼！山间无泉水，要饮自来水，山间不品茶，要饮饮料、进口咖啡。国酒似太土，洋酒身价高，甚至于风景区开会也要拉上窗帘，开亮电灯，外加空调，阳光空气、窗外美景都不要了，这叫什么旅游文化，此不过其一而已。现在我怕旅游，吃了一世风景园林饭，弄到闭门家中坐，免生闲气，又有何话可说呢，真是南无阿弥陀佛。

一九九一年秋

谈城

绍兴秋瑾的老家

"一种春情忘不得，长安放学夜归时。"五十多年前，童年的回忆，不意在这初冬的一次绍游中，油然而生了，往事历历，又迫眼前。逝水年华，随着岁月的流转，若隐若现，有时在某种触动时，忽然显现了出来。童年是梦中的真，是真中的梦，是难忘的。

小时候，每当放学回家，母亲总喜欢讲些故事之类的东西给我听。她不止一次地说秋瑾烈士的身世。我家本越人，当然绍兴老家的传说更来得多，何况母亲又与她同岁（一八七八年生，肖虎），提到时总说今年该几岁了，说她死得惨。在我童年的脑海中留下了不可磨灭的印象。后来在中学校念书，正值《东南日报》连续刊秋瑾烈士的弟弟秋宗章先生写的烈士家传《六六私乘》（秋瑾烈士殉难于阴历六月六日），那是每日必读之课，进而读了她的遗集，使我详细了解了秋瑾烈士的一生。每当秋雨潺潺的天气，不免要吟起那"秋风秋雨愁煞人"的名句，觉得它比李清照所写"帘卷西风，人比黄花瘦"更加惨切感人。

去秋到绍兴住在秋瑾故居附近，经常要景仰那个地方，余晖西沉，缓步回旅所，心中总勾起无限的思绪。这次到绍兴，正碰上电影制片厂在拍摄秋瑾烈士的故事片，原来住过的招待所为演员们住满了。我就栖身于轩亭口旁的一家旅馆中，每天三餐在外"打游击"，一天要经过三次秋瑾烈士的殉难地——轩亭口。这里建有纪念亭，我面对着这座被凿去了蔡元培先生所撰碑记的"赤膊亭"，总是慢慢举步，回首再三，黯然者久之。轩亭口直对的那条路，正是通到绍兴府衙门的大道，当时秋瑾烈士就是从绍兴府受审后，绑到轩亭口就义的。鲁迅先生所写的小说《药》就是以此为主题。我曾在这条路上来往了几趟，我想象当年她最后经过的那个光景。再去了她从事革命活动的大通学堂看了残迹。从过去知道的史料，参证了今日所见的史迹，先哲往矣，遗教犹存，使我更加加深理解到，历史文物所起的教育作用，真是无可估量，我们决不可等闲视之。

大家都知道绍兴城内塔山下的和畅堂是秋瑾故居，然而她真正的老家却在漓渚的峡山村上。我游罢兰亭

（其实是为了部署曲水修复事而去，一带两便）徒步前往该村。峡山这地名的由来，可能因为这村位于两山之间，所以风景很好，霜叶如醉，翠竹满山，清流急湍，随步前行，到村上，三步一桥，五步一湾，数声柔橹，宛同轻奏，不愧是一座富有诗情画意的山水结合的村居。这村还保存了原来风貌，除了秋瑾老宅地的建筑外，尚有明代何姓尚书第、都督府各一处。传说这里出过四个尚书和一个都督，因此沿河有严整的石驳岸，宽畅的码头。村旁正在修建一座小学。当我们参观时，那个小学负责人扬言要拆去都督府的明代厅，用材料来造教室，惊闻之下，觉得一个有文化的教育工作者，连这点起码的文物知识也没有，着实令人不解。尚书府今留厅屋，三明四暗的七间大厅，三开间的后厅以及边屋等。大厅、内厅乃是明代中叶建筑。都督府的那座五开间的大厅系晚明建筑，材料极工整，很有代表性。门前的回舟码头，在今日绍兴亦少见了。从都督府西望，村的尽头临河有二层门楼一座，粉墙椤窗，倒影非常清澈。沿着河岸进入门楼，南向入门有一甬道，东西相向对开墙门，浙中呼为"和合墙门"。其内南向皆有厅事。再向北行，朝东有一门，门内就是秋瑾老宅，正对有平屋三间，天井旁通月门，月门内南向亦平屋三间带厢，那是正房了，西首一间就是秋瑾烈士曾居住过的。月门下有山茶老干一本，阅世百年了，秋瑾烈士当年曾在这山茶花下休憩小坐。后来秋瑾烈士的庶母生前住在这里，她们年龄相若，庶母一直活到解放后。后来这屋子易了姓，逐渐成为大杂院，山茶也砍去了一大枝，树犹如此，人何以堪，面对着这个残败的小院，不觉使我发出了极大的呼吁声，围观的群众也为我所感动。当然保护与维修之力，有待于主管文物部门之重视啊！

我在悄悄地离开这里时，一路在想，绍兴的秋瑾故居开放了。这里是她的老家，亦应留作纪念，尤其这一座具有强烈特色的水乡村居，景物宜人，又有文物古建，有条件作为游览之区，因为距兰亭近，可以游了兰亭时再来这个新辟的风景点，是一举两得之事，那又有无不可呢？我不希望以文物与风景区为主的"无烟工厂"，被有烟工厂所毁灭，要从"文化"二字上用功夫。在搞四个现代化的同时，文化的保存，亦是现代化中不可缺少的重要项目，想来大家必定同意这个看法。

一九八〇年冬

116

"大"与"小"

最近我参加了苏州市城市总体规划鉴定会，三年不到吴门，居然小住十日，群贤毕至，畅叙终日。并有机会遍游了名胜园林，使我在这文化名城中想得很多。

苏州处于水乡江南，是"水巷小桥通"的水巷城，"糯"与"小"形成了它的特征，吴音软语，甜得使人陶醉，小河、小港、小桥、小巷，粉墙黛瓦，花影衣香，都是勾勒出苏州这古老文化名城的重要组成部分。但是如今渐渐忽略了这些。小与大的关系，没有得到辩证的处理，使这古老的城市弄得人挤车多，交通阻塞，小大失调，不是小中见大，而是大中见小了。

本来小与大是相对的，有小才能有大，有大才见小。我们开会住在苏州饭店，这样一座高层大宾馆，在苏州，确是现代化的产物，正如佛殿中装上了空调机，算得"摩登"了。人们从这座大宾馆出来，乘着大型的旅游车，转入间壁的网师园。相比之下，这网师园顿觉是个弹丸之地，小得不足观了，苏州园林的味儿已早去了一半。

马路上的交通秩序，取决于管理，苏州因为不恰当地在城内建了二百多个工厂，工厂的卡车在路上横行直冲，而旅游部门的巨型客车，无异旧时三十六人抬的龙杠棺材，大而无当，行动迟钝，两车相遇，亲热非常，小聚片刻，"难舍难分"。本来这种大客车在国外用于郊区公路，如今却用在市区的较小通道上，真是蠢然大物，进退维谷，造成交通的阻塞与拥挤，值得我们改革。造园有句话叫"得体"，这种车辆实在太不"得体"了。什么叫懂得科学，就是要善于分析。人行道主要是便利行人的，而自来水公司居然在人行道上堆假山成大型水石盆景一座，这又何必？在人口稠密的市区搞建设，千万不要逞英雄，免得影响别人，又给自己造成累赘。

苏州园林是以精巧见长，过去只是容少量人游览，如今成千上万的人进入园中，小园林变成大公园，小假山有如大看台，像这些，如果不加以严格的管理，单纯以门票收入的经济观点出发，恐怕园毁在日矣。

天平灵岩是风景区，但十年来一个个小小的骨灰墓，因为其数以千万计，整个风景区，很大面积已变成了死人"新村"。探亲的人，为数着实可观，因为我既无眷，又无亲，所以产生大煞风景怨言，而春游交通大大地为这些探亲的人所干扰。活人要紧，死人要紧，我有些想不通。我在山麓下新修葺好的一座高义园内，坐着沉思了很久，怎么办？

苏州市这几年在风景名胜方面是做了可喜的成绩，但前进的道路上，必然有不足之处，亦是正常的，知无不言，写了这些杂感，借此学点辩证法而已。

一九八三年五月

119

历史文化名城

这些是老生常谈了，不知在大小城市规划会议上说过多少，但是又起了些什么作用呢？总算现在开始认识到这问题的严重性，可是悔之晚矣，另一方面却又掀起了一股造假古董的歪风。

历史文化名城现在很多城市都在争取，靠什么呢？大家在动脑筋，希望榜上有名。这是好事，已经看到"文化"两字了。我如今就三十多年所遇到的，来谈谈我的一些甘苦。

我早说过，中国城市规划与园林设计，是遵循"正中求变"这一个原则，主是正，是有规则，变是辅，有自由。我在《春苔集》中已经谈过了。而城垣呢？又是用以范为整体，而不流于散的一种规划手法。如今一些有历史与有历史价值但被毁的如北京、南京、山东益都、江苏淮安、苏州等等的城墙皆早有保存必要。回忆当年拆苏州城墙，我苦苦哀求苏州市长，希望不要拆，可是我却因此受到批判，与梁思成先生保护北京城墙一样，眼看它化为乌有。最近苏州建城二千五百周年，要我题诗，我写了"谁云恩怨渐成尘，老去难忘旧日情。悔煞吴城随逝水，当年苦谏等虚声"。二千多年的城墙已不见了，又来大搞纪念活动，实在感到别有一番滋味，更看到盲目拆万里长城，又大搞捐砖，来修万里长城，这真是今古奇观，我想不通。

河流呢？尤其江南，口口声声在标榜水乡城市、城镇，水乡的水填得太多了，本来交通是依靠水运，水的畅通亦全仗河流，如今城镇很多河流不通，有的也污染过甚，无以名之，曰"心肌梗塞"，还可以加上"病毒性"三字，看来不会太过其辞吧！而桥呢？又是点缀水乡景物最主要的建筑物，水不存，桥将焉附？有些城市已看到这已往的过失，在可能条件下重挖了旧河道，也算是好现象。

老城的新旧建筑物当然是矛盾的，关键是在是否要保存老城。要保存如不另辟新区，是困难重重的，古代的城市早作出先例，如北京城的外城就是最好典范。前几年扬州市开辟了一条三元路，马路是宽了，可是拆了几千户大小民居，包括很有建筑价值的大住宅，这样加剧了城市现存的拥挤，而城市风貌顿变，两旁尽是假古董的建筑，真正的木构建筑却不存了。其他如苏州绍兴等处亦如是而作，不过比全盘"西化"略胜一筹。旧城改建不是改样，重在保字。我早说过，历史名城的有价值与否，就是要看木构建筑保存了多少，将来木构建筑要当作宝，如今世界的趋势就是这样。

我是研究古建筑的，对古建筑有深厚的感情，拆毁一座古建筑真比割我的肉更痛。如今呢？有谁肯刀下留情呢？人家叫我"消防队"，处处救火，然而这个老兵还有多少精力！前几年去山东益都，清初的隅园正要动手拆，幸运的我赶到，居然保留下一座山东最古的名园。北京恭王府及花园，相传为"大观园"，可是到今天还不曾修好，占领单位也未全搬出，"任其自流"。而上海北京正定等处，新出现了多处大观园，统统是假古董，连上海西藏路浴室也名大观园，何大观园之大观也。我们古建筑工作者的最大责任，是保护古建筑，修理古建筑。而今呢？改行去搞假古董，我真有些不理解。

历史文化名城，既要有文字的历史，又要有实物的见证。实物毁坏殆尽，单凭假古董是没有说服力的。我秋间曾去日本，看了他们的城市中涓涓清流，与保存完整的古建园林与民居、旧街，我深为感触。在奈良，有一条街要改建，居民贴小字报，反对改动他们的住房，政府也就作了措施，不能不说人家文化水平高。我们今天政策开放了，要吸引外来的好东西、先进经验，也应该着眼人家怎样保护自己的文化，自己的历史，爱家、爱乡、爱国，我们不能忘记自己啊！"东西南北中华土，都是炎黄万代孙。"

一九八六年十二月

先绿后园
——绿文化

虽然春天是短暂的，但绿色毕竟越来越浓。人们对于阶前庭除，也在栽植起月季、美人蕉之类的东西，装点得楚楚有致，这是近几年来的新气象，是一种有文化的表现。我曾经在一九八三年秋全国风景会议上倡议过："振兴中华，必先绿化；没有绿化，便无文化。"故名绿文化。如今事过几年，渐渐地使各方面认识到在提倡了，没有绿文化的环境，宛同戈壁滩一样，枯寂得令人发慌。

绿化造园受到普遍重视，确令人兴奋，但在发展过程中，往往目的不太明确，流于形式与表面，绿化是净化空气的最好办法。造园是利用植物、建筑、山石等的综合艺术创造，总离不了绿化。可是近来对这些方面的关系却没有很好地来处理，有些工厂、单位，用亭、台、楼阁、喷泉、假山、塑像，作为造园的主要内容，绿化植物却跟不上去，有点像越剧舞台布景，造成不必要的浪费。

城市绿化是有关人民健康的重要措施，是城市进步的标志，所以在城市发展中，似应"先绿后园"，对我这个口号，上海园林局吴振千局长很赞同，先普遍实行绿化，再在有相当基础的绿化地带中，规划造园的布局。如在高树浓荫下，何者宜亭，何处宜榭，就能随意安排了。如今只有少量的植物，以大量建筑假山来代替绿化，是背其道而行之。甚至于在本市杨树浦与苏州人民路，某些厂在人行道上堆假山，则属于违章建筑，理应拆除了。

城市绿化首先是减少土面，增加绿化覆盖面，所以外国用草地、常春藤，我国用书带草。垂直绿化用爬山虎及其他攀藤植物。而屋上平顶，也以绿色植物来覆盖，这样多方面地增加绿化面积，达到净化城市空气的目的。因此主是绿，次才有园，园的内容也以绿为主，这样才符合保护人民健康的要求。苏东坡诗"贫家净扫地，贫女巧梳头"，我认为颇有深长意义。我主张"先绿后园"，也是受了这诗的启发的。

看花又是明年

宋代词人有云："看花又是明年。"在这小径红稀、郊野绿遍的初夏江南，确有这股味儿。从水仙欲放开始，伴着腊梅，继以早梅直至蔷薇木香开过，春悄悄地离去了，接着就是梅子黄时雨。

人们总是爱花的。虽云"养花一年，看花十日"，但为看这"十日"之花，栽花者仍肯花这"一年"的辛勤劳动。最近我的五针松接连被偷去两盆，而且均为造型最佳者，因此使我的情绪十分恶劣。昔日称偷花为"雅贼"，似难控告，实则不然。原来，因为五针松价格昂贵，偷盗者着眼于钱。此类偷儿被查到而受惩处并非没有先例，而此种人还给被偷者精神上带来不良后果。每当夕阳西下，我总会徘徊于放五针松的原址，希冀"无可奈何花落去"忽而转为"似曾相识燕归来"。明知

126

这是幻想，可感情上总是藕断丝连。人之异于禽兽者，似乎就在此吧！

花之可爱在于生命。欣欣向荣，与人共鸣，其怡神养性，比流行歌曲、迪斯科等狂欢乱舞、灯红酒绿要高雅得多。然而，近来有些人欢喜布置假花，理由是它终年有花，不必保养。此真懒汉说花也。老实说，我是反对假花的。有一次我在庐山开风景规划会，走进宾馆就见假花。我说："你们是庐山宾馆，还是庐山殡仪馆？山间有的是野花闲草，那些富有生命力的东西你们不要，偏偏要去上海买假花，真不可理解。"然而世上就有这种人，爱假不爱真。所以我说假者伪也，失去了真意。奉劝世上之人，为了爱好天然，你得多亲近一些花卉，不论在身心修养，身体健康上都甚有益。

大城市的房屋紧张，人们争屋不争绿。无绿便无净化空气，这在理论上或许大家都通。然而到了"见缝插屋"的时候，破坏花木、草地，什么也不管了。如今我不愿去上海市衡山路、华山路那一带，因为这些地方往昔林树成荫，红杏出墙，而今满眼高楼，绿意消失，怅然的心情油然而生。为什么城市建设者不肯刀下留情呢？终究爱花者痴，爱财者富，承包者发财，我们又有何可说？要钱不要命，连净化的空气，安静的环境也不要，那么我们这种不识时务者还想"看花又是明年"？但明年上海又不知会去掉多少绿地呢？啊，看花犹待何年呵！

清凉在绿

　　学校为了保护我们这批专家，送入了冷室般的空调间，这美意是深厚的，同时也安了小辈的孝心，不应该做不适应九十年代的人了，然而也不应该令人"入室为安"没有一点感触的。

　　寂寞隔世的生活，见不到阳光，听不到鸟语，没有一点绿意与一丝清风，仿佛是在"冷库"。清晨该信步回家了，要看看昨晚与我道声再见的孙女，高楼华灯灿烂，这是白天啊！电梯是坏掉了，我有些像下山，慢慢地走下去，在楼梯中，我在想，现代化设施没有现代化管理，比原始生活还不及，且卫生设备也停工了，没有水，同时我也是急于解决一次"卫生问题"，所以行动中慢中有快了。

　　"蝉鸣门外柳，人倚水边亭"，这是十多年前到广州修六榕寺塔的词，那时广州还没有今天进步，在宾馆中我还能"还我自然"，过几天书生生活，如今看了"公关小姐"的电视，我也不敢想了。总之人是落后了。

同济大学的校园与新村，我们花了几十年的苦心，已经做到炎日不见阳光的境界，谈不到清凉世界，也足可以使从市区来的人们惊喜，温度相差很大。当我从大楼下来，听到蝉声了，见到初阳了，赏到绿意了，吸到新鲜空气了，我是真正的回到大自然中，太可爱了，这是比高级的建筑宝贵多了，十年树木，至少也得十年，但这数字还是在绿化中最低的效果指标。前些日子，上海园林局吴振千局长与杨浦区吴光裕区长到我这寒舍来，大家谈到上海的污染日重，而绿地又在减少，也许在严重影响气候，这几天的高温可体验到了，这两位关心人民生活的公仆，我是致以敬意的。

阳光斜射在草地上，黄得很柔和，渐渐地射过树丛，阴影浓郁得醒目，穿过绿荫的晨风，轻快爽身，世界上真与纯洁的事物，永恒的存在，永恒的受人依恋，亦永远消灭不了，也代替不了。如今人们着眼于人为的事物，恐怕人未必能彻底胜天。天理人情我们无法抗拒，顺之者昌，逆之者亡，我从这几天的"小休"中，也悟到了浅薄的哲理，可能又要被讥讽为不识"现代化"的老顽固，愚者千虑，废话妄听，浅说微微，而听者不妨渺渺吧。

一九九〇年八月

小城春色

今年入春来多雨，我自云南昆明归，在我设计的"楠园"工程中，因工作太累，又兼以气候的不适应，抱病而归。缠绵未愈，真是"三分春色二分愁，更一分风雨"。病中时时浮起童年时的小城春色，含泪微笑，一切成往事了。乡里的旧屋已经不存，街坊都变了样，现实却磨灭不了我的回忆。"未老莫还乡"，这也是人之常情，想来谁都是有的。

江南的小城太富有诗意了，几湾流水，几条小巷，平桥拱桥，古树垂柳，信步其间，闲适自在，白墙上挂下的绿叶小花，微动在春风中，是一幅画，画上又引起我的遐思，偶然墙脚边，遇到一只痴卧的倦狗，听见人声，也会伸个懒腰，立起来摇尾一下，一点也没有恶意，因为是邻家养的，人与狗之间还是友好的。慢慢走到桥上，看那自在的行船，船上有时也放着几盆花，不知从何处带来的春色，这些邂逅的春情，亦未能淡忘。

小城没有公园，粉墙内的人家，都有小园天井，有高树，有盆栽，入门是不寂寞的。读书人的书斋中有菖蒲，有水石小景，安静有书卷气，一杯新茗，浮上春意，偶然拍上一段昆曲，又是"袅晴丝吹来闲庭院"了。小城的春色蕴藏在每一角落，这就是中国文化。

"小楼一夜听春雨，深巷明朝卖杏花"，勾起了人们小城中欣春之心。那春笋、鲈鱼，又是在口味中尝到春意，大宾馆的冷气货，无异洋滋味，徒然增我惆怅。小城中勤劳善良的人民，在他们身上没有豪华，没有不切实际的幻想。我记得陈蓝洲老人，画过一张画，市河中小船倚岸，小船夫在午卧，题上一句"此儿从不梦长安"，天真极了，平静雅淡，这种境界我也曾见到过，如今不能享受了。清晨头上插着野花的村姑入小城来，近午提篮而归，愉快轻松，我见到了人情，在她们头上又看到了春色。

小城中只有流水，没有喷泉，亦没有扰人的音乐，平静得如水一样。最近与建筑大师、我的老师陈植先生谈城市建设，他说得好，中国人的水景是自上而下流的，极少涌出来的，喷水池似乎不适合国情。这话讲得真有理，到底是老一辈的学者，对事物观察透了。看来

133

喷水池似乎不宜建在小城市中。

我最近到过浦东川沙，那倚城的一个小学，校外古城一角，出城门流水似环，城墙上漫满着野草野花，有阁二层，登临可眺望全城，阁中树立着岳飞书法一碑，启人以爱国主义，在学校中很是得体。我想正在开发的浦东，不妨留点小城民居，在规划时心中不能"大"字作怪，小与大原是对比的，无小便无大。小城春色，依恋难忘，就是有一个"情"字在。流水落花春去也，看花又是明年。立夏写了这些，聊代饯春之辞而已。

一九九一年五月

我心不忍

初夏天气，做好了专题报告，从同济大学林荫道中缓步归来，脑子中盘旋着一篇小文的构思。走到学校大门口，人们挤住了。人家告诉我，说是对校门的彰武路口汽车轧死了两个人，受害者已送医院，而路上正在用自来水冲洗血迹。惨红的人血，太酸辛了，我不忍看，掉头回家，人是摇摇晃晃，心里很是沉痛。我忝为人民代表，我没有尽责，这两条命送了，多少在我良心上有谴责的，阿弥陀佛，我忏悔了。在归途中群众对我提出的一些要求，也是合情合理。彰武路的交通流量加大了，又添上公共汽车，同济大学上下班的人颇感不便，虽然路边违章建筑经我的三年奋斗，居然拆除，但对我们人民代表提出扩大彰武路的意见，区里、市里都不肯接受。公说公有理，婆说婆有理，如今人命出来了。这是事实。我想，老百姓已经以性命证实彰武路拓宽的必要性。人非草木，孰能无情，寄语负责市政建设的领导们，你们也该有动于衷吧！"我虽不杀伯仁，伯仁由我而死"，良心上的谴责是世间最痛苦的事，我在沉默痛心的归途中，想得很多。

翌日下午，我再经过车祸出事地点，血迹还是斑斑，我在想昨天的现在，这血还是活活地流在死者的身上，今天却在马路上任人践踏了。"人有旦夕祸福"，这是谁也不能料及的。但是"亡羊补牢，未为晚也"。痛苦的教训，不能淡忘，公事一了就完了。我想得很多，想到受害者的家属，想到今后同济大学同济人的行路安全，渐渐入于迷蒙的状态了。怜悯之心、人道之心、慈悲之心，又进入了宗教的彻悟与超度之心。我相信人总是有人情味的，拓宽彰武路是好事，是善举，我不写人民来信，写了这篇发自心里的小文章，我感到抑郁的心情舒宽了一点。我的呼吁，也许能感动上帝，那么，同济人就得福了。

一九九〇年六月

小巷人家

　　小城春色，小桥流水，小巷人家，多美丽的江南水乡风光啊！"小楼一夜听春雨，深巷明朝卖杏花"，"深巷卖樱桃，雨余红更娇"。孩子时读的诗词，在高楼日益增多，小巷、水巷渐渐减少的今天，我想这些句子越来越值得歌颂与留恋了，也许过了多少世纪，小巷灭迹，然而人们还是在低诵它，向往它。

　　我是从小生长于江南水乡的人，小巷、水巷，是老屋家门前的事物，青石板，白粉墙，后门河埠头，又是一湾清水，多幽静雅洁啊！在小小的庭院中、书斋中听不到一点嘈杂声，"苔痕上阶绿，草色入帘青"，就是在这环境中，度过我的童年。我爱小巷，这种小巷人家是富有诗情画意的，永远令我依恋的。

　　江南的小巷，在文学上是多情的，从建筑艺术来说是多变的，我曾经说过中国城市的特点是"正中求变"，正是大街平直，小巷多变，有弯曲的，有斜歪的，也有直中带曲的，曲中带直的。墙门的形式又比较丰富多彩，高低大小与装饰几乎没有一处绝对相同，粉白的墙面衬托，人行其间，移步移景，因为墙高，自朝至暮，光影变化非常丰富，有时逢着一段低墙，"春色满园关不住，一枝红杏出墙来"，太引人遐思了。有些小巷中有圈门，有过街楼，还有打更人住的更楼，小小的木屋，也觉玲珑可爱，从石板缝中与墙脚下长出的野草闲花，娇嫩依人，虽然小巷深深，人行其间，静幽多姿一点也感觉不到寂寞，相反思想中涌上很多反思，边行边想，丝毫不觉疲劳。我在小城中就是闲行代步，记得与世界建筑大师贝聿铭先生在苏州，我们两人就这样在小巷中步行寻园，人目为"痴"，而这就是"痴"的美。

柔橹一声，小舟咿哑，在河埠边欣赏往来的小舟，与对门邻居对话，环洞桥的倒影，宛如半弯明月，正可说隔岸人相唤，水巷小桥通。江南的小巷与水巷组成了千变万化恬静明洁的水景，这水景又充满了建筑美。

水巷里人家的河埠头，虽然用几根石条构成，有一字形的，有元宝形的，有如意形的，形成了一面、多面的踏步，河沿边有水阁河房，也有的粉墙，偶然从河岸边墙角下长出几株杂树垂杨，拂水依人，照影参差，水面显得更清灵了。水乡城镇就是在这小巷与水巷里产生了无限空间与逗人的美感。如今我们保护历史文化名城，这小巷与水巷是重要组成部分，爱文化与美的人们，对它一天重视一天，非出于无因的。

观大邑一乐也，步小巷游水巷亦一乐也。事物都是相对的，在建设大城市的同时，能珍惜与重视保存这从"小"字出发的景观，正同西湖与瘦西湖一样，瘦西湖就是妙在这个"瘦"字啊！

刊于 1988 年 3 月 10 日《解放日报》第 7 版

园林分翠话西州

去冬美国纽约大都会艺术博物馆邀我们为它搞一个苏州式的庭院，取名"明轩"，建造在中国馆内，以标志中美两国友谊。匆匆起飞渡过了大西洋，在彼邦看了城市，农村，大学等等，归途又游了瑞士——"花园之国"，其情其景令人难忘。

欧美的绿化，确有其较久长的历史，非成于朝夕，群众有高度的文化与之配合，才有出色的现状。近年来，他们对于我国古典园林，更起了爱慕与欣赏之情，这对发扬我们的园林艺术，提高我们的园林水平，起了鼓舞与鞭策的作用。纽约大都会艺术博物馆的"明轩"，就是仿照苏州网师园的殿春簃，适当配合其地形，进行了合理的设计，完全以明代建筑形式出之，使该馆所藏的我国明代家具，有一个极相称而美丽的展览处。这是经过一番周密的研究，才有此合理安排的，这种布置方法，多少可以供我们作为借鉴的。

大都会艺术馆在纽约中央公园之旁，展览馆以中央公园为"借景"，馆内垒石栽花，引景入内，浑然一体，身坐馆内，宛若置身于园林之中，一举两得。但见参观者往往自朝至暮盘桓其间，并非匆匆而过，而是乐于久留，深感其文化生活之需求了。

小时候读法国著名文学家都德的文章，他描写小学教室的窗上，"鸽子在咕咕地叫"。童年每为这种"静中有动"的境界所神往，不意此景在欧美随处得之，清晨老者和小孩们在路旁，园中饲鸽，一群群的鸽子围着他们，在黄叶疏林间，宛若图画。可惜我来已晚，那种茂林繁花的旖旎风光，不曾享受到，池中的水鸟，忘饥似地飘然引还，与人同乐。一次当我走入美国普林斯顿大学的校园，突然一只松鼠跳来，竖起了像绒球结成的尾巴，一下子到我身边，逗我寻欢，我为之愣住了，我很怕它一下子逃跑，但它的态度却那样从容，还让我拍照呢！原来这些小动物是遍养在公园与校园内的，与人无猜，大家习以为常。这些园林中的小点缀，虽属琐琐，但是人们没有较高的文化修养，是不能理解这乃是休息的方式之一。游园不仅是吃喝玩乐而已，而是能提高人们的文化水平的，用各种各样的方式促使人们消除疲劳，进而努力将各人的工作做好，这不是无的放矢的。

我在欧美之时虽是初冬天气，也刮起过大风，可是我仍感不到有灰沙，路面的高级虽是主要因素，然而隙地铺草，墙阴栽花，土面少了，这也是一个原因。当人们漫步之际，芳草时花俯拾皆是，而群众爱好，大家养护，集腋成裘，对城市面貌的美丽与整洁，确起了大作用。一位诗人曾说过，"房中没有花，便感到无生气"。那么一个城市如没有绿化，没有大树，寂寞似空城，难以久留，当然更谈不到招揽游客了。

我在普林斯顿大学的朋友方闻教授，因他认识了该校中文系主任牟复礼教授，他招待我上他家做客。他在中国求过学，夫人是扬州人，他的屋子是一所木结构，绕宅皆种竹，配上牡丹芍药的花坛，一见之下，使我顿起"扬州梦"，不信身在异国了。中国庭院在他们看来是那么雅洁，清静，点缀在乔木成荫的校园内，是多么令人羡慕不已。这一对夫妇真是我国文化在美国的媒介者，他们与我谈得很愉快，并要我画了几幅水墨画，用以装饰他们的室内，说是这样更中国化了，临行挥手，不尽依依。

美国的一些大楼，室内也在搞绿化了，有的高层公寓，它的第一层，往往是一个小庭院，有花，有树，都是人工培植，几乎不知其上有摩天大厦，更有在各层内亦配上一些花木，四季如春。至于屋顶花园，早已是习以为常的处理。乡村小别墅，其昂贵远超城市公寓，有钱的人，用我们乡下有房子来炫耀自己富有。这主要是因为乡村自然条件好，环境美丽，就以普林斯顿大学而论，校园中有山，有湖，有丛树，有花圃，分不出山林还是学校。"旋歌绕绿荫"之句，不再为它们而写，学校是一处潜心读书的地方，适当的环境，宁静的气氛，是应该具备的条件，我国古代的书院，常凿池叠山，有城市山林之概，无非也是这个道理。

欧美的大树，是一个地方的历史与文化的重要标志。在日内瓦湖边的那些古木，虬枝盘空，绿云垂地，都是人们经过几世几代的珍惜、爱护，才有今日的美景。"前人栽树，后人乘凉"，我小憩树下，油然生出此感。我想起了泰山普照寺翠盖弥天的古松，苏州结草庵筛月迎风的白皮松。祖国啊！你也有那么美丽动人的古木，这是祖先遗留下来的珍贵文化财富，我们足以自傲，也应该小心着意地维护它。瑞士的树林，即使在私人宅内，砍去一株，亦要得到政府批准，其用意良深。

欧美的住宅，不论城市农村，在那丰富多彩的建筑物上，不论门边、窗上都种上或摆上了花草，其色彩之鲜艳更衬托了房屋之美。"好树须映好楼台"，我开始领会了。它们给居住者以安适，予游者以依恋。城市之

143

美，非仅主管部门之事，要的是居住在这个城市的人，对整个城市面貌的美丑都有责任，像日内瓦这样一个风景名城，它不是园林管理处独家经营而成功的。

如今我介绍了一些国外的情况，或可小助于怎样来美化城市、农村。我们有悠久的历史，吴风录上记载宋代苏州："吴间阎下户，亦饰小山盆岛为玩。"这说明了当时人民的爱好自然，"四人帮"动辄以"封资修"来污蔑我们的园林事业，这是不要文化，不要现代化，将历史引向倒退。

（写于一九八〇年春，刊于二〇一八年十一月二十九日解放日报第十一版，编者按云：近日，陈从周小女儿陈馨从法国回来，整理父亲材料的时候，发现一篇写于一九八〇年春，从未发表、也未曾在全集和其他著作中收录过的佚文，漫谈一九七九年冬陈先生旅美时对于西洋发展保护绿色文化的感悟。陈馨遂将此稿整理出来，交予朝花副刊发表，谨以此文献给陈从周先生诞辰一百周年。）

论世

一样爱鱼心各异

　　我们新村里，三十年来乔木成荫，杂花吐芳，流莺酬唱。想不到恬静安适的居住环境，却传来了一阵阵枪声，群鸟乱舞，血肉横飞，其情可怜……原来，这里被一群青少年选中为他们的擒猎之处。"一样爱鱼心各异，我来施食汝垂纶"，白居易当年的情怀，顿时重现在我的心头。而和我前年旅游欧美之日，公园中、村舍里，鸣禽上下，时夸得意的那种样子，简直不可同日而语。起先我默然了，但默然又于事何补呢？便终于鼓起了勇气，和那些荷枪的勇士们议论起来了。我问他们："你们为什么打鸟？"回答是："白相，欢喜它。"我说："我也欢喜它。""我也爱白相。"他们笑了，我于是再继续发表我的谬论："我们大家都欢喜鸟，但欢喜的方式不同，你们因为欢喜，非置之于死地而方休，拿到手中方称快。而我呢？爱看它们轻盈的姿态，爱听它们清脆的啼声。虽然大家爱鸟的心一样，可是结果不同了。"我再背诵并解释了白居易的那首诗，他们都笑了，似乎有所感动，准备放下屠刀，齐声说："不干了。老先生你说得有理。"我们便融洽地挥手而别。

在城市中打鸟，看来是无关紧要的事，从来也没人干涉过，也从来未听到过议论。但是在国家人民都向文明的境界迈步的时候，类似这种在城市中随便打鸟的事，恐怕也不能旁观视之。深愿枝头好鸟鸣，绿树欣成荫。这就不只是园林管理部门的事了，应当引起我们大家注意。

一九七九年写

提倡有意义的文化生活

我的两个学生杭青石、郑伯萍将在人民公园举行国画展览。按照惯例，开画展请头面人物来写个捧场八股，已是近年来最奉行的华章了。不过，我觉得画的好坏不在于做广告，也不能脱离实际予以溢美，"萝卜青菜，各人各爱"，还是让观众们自己去品评！

我不是画家，杭郑两君同样也够不上画家，他们只是借绘画作为工作八小时外的寻乐而已。这两位青年朋友，杭君是搞设计工作的，郑君是位数学教师，因为爱画若命，节衣缩食，购纸买墨，用来模山范水，勾花点叶，描绘祖国的风光。当搁笔自赏的时候，作为生活中最大的安慰，精神上高尚的寄托。

"积学似聚宝""业精于勤"，他们在多年辛勤劳动的累积中，居然可以开个展览会，让大家共同来欣赏欣赏，他们自己亦可通过展览会得到观众的指正与鼓励。我写此短文来作介绍，目的是要青年们明白，如果能合理安排自己的业余时间，把它用在有益的事情上，是必然有所成就的。

一九八二年十一月

呼吁：斧斤不入山林

新春伊始，照理我不应该说这些话，使一些爱好盆景的朋友不愉快。但事关我国的自然美景，因此我又不能缄口无言。在我们的社会里，凡是遇到自认为不好的倾向，就不妨披肝沥胆地提出来讨论一番，即使说得不对，也解除了他心中的疙瘩，认识得以端正了。

近年来我国盆景的蓬勃发展，人们爱好自然的美德，确实表现了我们是个有文化的国家。作为从事园林工作的我，由衷地感到鼓舞与高兴。但是任何事物如果没有一定的制约，听其蔓延，也可能走向反面。现在好像是有那么一点"全民"搞盆景的势头，大家挖山上的老树桩，花木公司，盆景公司，园林处，专业的，业余的，连住在山间的疗养人员，亦常常荷锄入山，众手齐动。苏州、无锡、洞庭东西山等，每天不知有多少人在挖，一挖就是十几个桩，拿回家去，能够成活的要打个折扣，能够成品又要打个折扣，而山间的树木却受到了严重的破坏，这比任意砍柴还要厉害，因为砍柴不去根，春来还发青呢！

据无锡的朋友说，惠山再不封山，只好永远是光秃秃的；太湖疗养院四周的山上，不见树根，但见土穴，这样下去，风景区如何能还我自然，青葱一片呢？

又听说有些地方如今又要用玲珑之石来加工做盆景了，如此则那些风景区的名峰佳石，又要遭难了。我前些时到江西萍乡看了一个名叫孽龙洞的溶洞，太美丽了，可是还没有开放，已经有人不远千里去采石了，将玲珑剔透的钟乳石打得百孔千疮，据闻是拿去做盆景的，还闻说是外地有些单位专门派人来打了，运回去布置自己地区的山洞的，这就不怕缺德吗？

我今天提出这个问题，是想引起一些人的重视，不要杀鸡取蛋，顾此失彼，要从全局来看问题。管理风景和园林的部门，要赶快订出保护的条例，永葆青山如黛，佳木葱茏！

一九八三年二月

养花见性情

　　"看花"两字，多么令人喜爱与陶醉，难得浮生半日闲，有这样的片段时刻，去和花花草草亲近一下，我是一年难有一天。我爱兰花，可是花期一到，往往负笈远行了，及至归来已是零落残英，看花又是明年。虽然对我来讲，是终年与园林打交道的人，为什么有此"牢骚"呢？这其中包括了两个字"忙"与"爱"，自己培养的花看不到开放，不无有些怨意，到外地去虽然也能看到花，但毕竟是那么的暂时，在情感上，没有我阶前的几盆极平凡的花草来得亲切啊！我每当回家，第一件事就是俯身去吻它们一下，"泪眼问花花不语"，当然不至如此深情，问寒问暖，小心抚摩，多少也尽了一点人情吧！

　　爱花最能看出一个人的个性来，人家问我，你养花草为什么都是赏叶为主，很难得看到花。墙角的芭蕉，阶下的书带草，窗前的修竹，盆中的幽兰、菖蒲，乃至长在石上的碧苔，都是终年青青，我在这些雅淡无华洁身自好的植物身上，发现了它们的"内美"。屈原早在楚辞上有"纷吾既有此内美兮"的名句，这正是我国在造园学上，与植物欣赏上的高超的主导思想。它代表了我们民族的特性：高尚，纯洁。

小时候在家中读书，古老的房子，在书斋前多少有些野草，石板的阶沿上点缀着一些苍苔，口中朗诵着"苔痕上阶绿，草色入帘青"的古文，虽然不十分理解，但总觉得是美。我们家乡的老一辈欢喜养苔，在玲珑或顽朴的石上长着翠绿的青苔，养在白瓷的水盆中，太可爱了，它能清目，澄思，使精神引入定静慧的境界，这当中有生命有智慧，有美丽的图画，微妙的构思，是书生案头不可缺少的清供。如今人们往往以仙人球等块形植物，来代替这种"水石交融""静中寓动"的苔石小景，我总感到人的赏美观念在变了。已经渐渐趋于简单的思维，蕴藉含蓄似乎抵不住"实惠"二字的庸俗人生哲学。

现在人们搜求奇花异卉，正如富翁们贪爱珍珠宝石一般。玩物丧志，还知道一个"玩"字，现在已到见物论价的商业积习了。甚至开口便说在香港可卖多少多少。本来怡情养性，如今见花思财，事实又转向反面了。我近来最怕邀我参观盆景园，人说是乐事，我言是痛苦。我虽没有龚定盦的那种解放病梅的勇气，但我第一感到不舒服的，是那种成百成千的盆景在大园林中放在一起，成千上万的人在旁边"拉练"排队一掠而过，孤赏的盆栽，像放在堆栈里的货物，我曾讥为"宛如鸡鸭上菜场"。老实说我是匆匆而来，匆匆而去，什么也看不到，更休说"品"与"赏"了。盆景要人看，却弄得无人看，一下子走过了场，不是枉抛心力吗？

其次我在这许多老桩前，我痛苦地想到了它们的背面，"一将功成万骨枯"，要挖了多少山上的老根，才得此一盆"珍品"，为什么近年来到处挖老根蔚然成风，而封山育林却在许多风景区视若无睹呢？我希望不要吃老本，该立点新功。盆栽的花木，茁壮的繁花，固然是人们喜爱的；但那些长绿的，不名贵的，我所喜爱的那些卑微的东西，对改善环境，增加绿意，也默默地贡献了不可小觑的力量。

我是由爱而成怨，近来对破坏真山堆假山，断绝泉脉造喷水池，不注意自然栽植做老桩盆景，感情上总是不舒服。我们天天在大喊大叫，绿化就是文化，但在事物发展中，有时会出现表面上看是有文化，而实际是无文化的不健康倾向，这是值得我们深思的。

一九八三年五月

年来不爱看名花

我在自山东南归的餐车中，见到桌上放着的那盆花，将残了，因为饭还没有送来，我独自望着残英，耳中是奔驰的车轮声，窗外已是午荫嘉树清园，初夏天气了。一度春来，一番花褪，一例惆怅，流光就是这样悄悄地过去了。花开花谢，朱颜白发，在这漫长而又迅速的人生道路上，各人都走过了他应走的路。

但是任何人对着残花，心情总没有对将开的蓓蕾来得舒畅，从盛到衰是痛苦的，"残花中酒，又是去年病。"感触当然是深的。花原是美丽的东西，但到头来予人还是惆怅。因此我近年来就不爱看花，只爱看长绿草，它们的身上有平凡的美德，有相对的永恒与稳定，没有富贵与贫贱，没有盛与衰，没有得意与失意，没有……我不爱看玫瑰花馥郁美丽中有刺，我尤其不喜欢

156

仙人球之类的肉类植物，人家说它花开得好看，我却讨厌那种比玫瑰花更凶暴的满身长刺，狰狞的微笑，带刺的妖艳连一点香味也没有，正象征人间最阴险的世态。我原是个爱花成癖的人，随着年事的增长，看尽了种种世间相，怕受的这样那样的无名肿毒，更怕刺，怕刺痛了我的心，怕不知不觉刺伤了我的残躯。玫瑰花的绰约芳姿，仙人球的丰满神态，多美丽啊！然而它们有刺，我害怕。平淡的美，雅洁的美，清香的美，恬静的美，闲适的美，安贫的美，纯粹的美，无私的美，人们是渐渐的淡薄了，疏远了。繁花、艳色、浓香、狂欢、实惠，找刺激啊，求一时的痛快，满一己之私欲，似乎已成为一种追求的倾向。因此一枝一叶一花一草，引不起人们的兴味，一泓清水，已抵不过丈二高的喷水龙头。而公园里的电气化设施，已破坏了整个园林的静境，为什么游艺场却作了园林的主人。

今天看到报上有一张"山林新貌"，画家在雄伟肃穆的泰山上，画出了欲与天公试比高的电杆，挂着灯笼般的缆车，惊险极了，说貌是"新"了，但景却破了。我很不理解这位画家，他的审美观在哪里？泰山之美就是这"新貌"吗？"还我自然"已成了今日建设风景区的重要因素，"整旧如旧"原是修复名胜古迹的关键问题。如果能在这方面下工夫，就是新字上下了工夫。将破损的恢复过来，就是标识出我们社会主义事业的新面貌。庸俗地理解风景区的新貌，似乎值得商榷的了，我欲无言，而又已言了。

"生之者众，食之者寡"，这是古之名训。最近报上出现了什么名龟展览会，老实说我是个爱龟者，我敬佩它忠厚的性格，静如处女的智谋，量大能忍的美德，沉着的、机警的战略战术，而且又有平心静气的修养，更能善于缩身而享高寿。如今要请这位长者出来"亮相"开展览会，自是好事，我不反对，但是这么一来又要如山上的老树桩一样，全民动员，沦入"贵门"，将彻底破产了。龟的繁殖并不太容易，以天然为主，万一如树桩一样，万民空巷钓金龟，恐名种绝灭之日，为期无多了。常熟绿毛龟如今已面临危机了，因为虞山保护不周，生态受到破坏，泉涧流干，越来越少了，得之已如麟凤，切望大家对珍异生物的保护，提到重要的日程上来。杞人忧天，我又作了这不识时务的呼吁了。

一九八三年九月

胡马依北风　越鸟巢南枝

　　近来总定不下来，一个月中难得有几天如坐在深山古刹中，给我沉思、回忆、幻想的机会。客人是送往迎来，会议是催人白发，而那些可做可不做，推也推不了的杂差，真教人疲于奔命。自己在思量，六十多岁的人，岁月是有限的，可是看到的这一段晚晴良辰却悄悄地无声无息地放走了，引起了我的痛苦与惆怅，同时亦为与我同样境遇的人悲哀。

　　今天是五一节的第二天，我清早出门去寄信，新村的小道中，初夏的树木，没有遮满万里晴空，那嫩绿的新叶透过朝晖映在粉白的墙上，地面还是阴暗的，而丛林的枝干，阳光只照着一半，对比得醒目、清澈，我一个人陶醉在这幅图画中。光的变化太速了，待我缓步归来，便没有那来时一刹那间的空灵美妙了。

这种境界不是天天有，如果不是放假，我亦没有这般闲适，即使放假，如果没有今天的天气，同样枉然。像这样的机遇，去年到美国，有些仿佛，但是人的感情，随着异国的风光，又有了不同，"乡情""异国"这两个绝然不同的词汇，触动了我复杂与无边无际的种种思想，从个人想到世界，从家乡想到异国，从人想到物，从物想到人，那些从身边走过的艳装女士、翩翩公子，以及在国外难得见的苦力劳动者，这许多变幻无穷的幕幕人间戏剧，可惜只凭单纯的感触幻起我的一时所见所想。

异国的感情随着人的思想在改变。在飞机起飞的瞬间，我在想，我是离开了这生于斯、长于斯的祖国了，假如飞机出了事故，我那一辈子就永别故土了。祖国啊，家乡啊！我感谢你对我几十年的孕育。当我这微弱的生命飘摇在太空之中，我的灵魂，我的感情还是萦绕在这东海之滨啊！有一天，我独自徘徊在旧金山的金门公园内，走倦了坐在草地上，我仰望着长空，想到了那天一头的家乡，虽然分别没有几天，却大有冰心所写的"去国才三月，奈何哀音以思若此"。我见到了斜眼相视我的外国人，亦曾想起郁达夫在日本留学时所写的"中国呀中国，你怎么不强大起来！"一会儿他又礼貌起来，他见我穿的人民装，用简单的中国话说着："你是北京来的?"将一个大拇指翘起了。祖国,你是已经站起来了,"北京的人",我感到自豪。在一次外国记者问我时,他要我说旧金山的印象,我说"桥上桥""人上人",他好机警,笑着说,你的话有哲学味道。因为我的句中巧妙地道破了他们社会的本质。这在我们国家中早消灭了。我又记起当年徐志摩出洋到美国读书,在日记上这样写着:"大目如六时起身,七时朝会(激耻发心),晚唱国歌……"当年的老一辈留学生,在国外天天要唱国歌。他们都亲尝到孤身异国的滋味,祖国是他们唯一的靠山,没有祖国,一切都完蛋了。我虽是没有久居过海外,但在外的感受,对祖国的可爱更理解了。可是近时有些风气在变了,从前留学生深受到国弱的痛苦,都希望学成归国,救国救民,没有作入籍他国之计。如今不少出国的人,单单贪爱物质的享受,而另一方面,精神上的隐痛却忽视了,"一客座中新入塞,新诗从此起边声","但愿生入玉门关"。前人之诗非无谓而发者。"胡马依北风,越鸟巢南枝",这也是人情天理如此。我不是向醉心海外的人泼冷水,我是说几句真心话,可以只当西风过耳边,我也无怨。

一九八三年五月

炎夏话"三多"

人家羡慕我们教书的，暑假到了，又是你们的天堂了，我只有苦笑。古人说"三冬靠一春"，而我们却是"三春靠一夏"，好像说做不了的事多可向暑假挤。本来我们知识分子也不肯轻掷光阴的，总利用一点稍闲的时光，不是备课、就是写点东西，老实说，我三十多年来暑假中从未疗养过或清游一次，即使在外，也是去做古建筑调查、跑在乡间山区。今年本来应井冈山地方之邀去开风景规划会与避暑山庄学术会。但是天太热路遥，医者与家庭都不许可，说道："你要死在外面了"，我只得遵命。但是"在家"比"出家"还忙。我无以名之，叫它"三多"，其一：展览会请帖多。其二：会议多。其三：外差多。

这几年来，我们的画家书家，从白发苍苍的老年画家，到五六岁的儿童画家，都要"亮相"，差不多上海可展出之处都挤满了，而我这布衣也居然请帖纷来。假如说我每位都应酬一下，那只有天天不务"正业"了。其次是会议，什么学会、民主党派、这样那样的讨论会。有的远在外地，往返半月，至于其他什么辞书编辑等等，因为教师平时忙，也放入假期中。更有讲习班，特邀上课，亦盛情难却。最近去了一次扬州，是为了华东文物讲习班上课事，婉谢三次，最后"州司临门"，还是上道。往返一周时间，如果静下来算算我们暑假的时间账，还结余多少，而要还的也着实不少，这些目前暂不入册，到秋后算账。

"今日不知明朝事，事到临头再商量。"得过且过。拜板桥先生为师难得糊涂了。今晚稍凉，我又闲不下来，信手写了这点假中的"思想汇报"，我希望大家能学习学习合理化安排，不要见缝插针，救救有限春光的一班老头子。

一九八三年大伏

钟韵移情

最近上山东潍坊市参加城市总体规划的评议会。在住所附近，新建了邮电大楼，每隔一小时就有悠然的钟声传来，这钟声勾引起了我童年与少年时之心。半世纪的流光，是那么匆匆地如东去的逝水永远不复返了，然而旧时的印象仍忽隐忽现在脑海中磨灭不了。

我爱我旧时读书之地的钟楼，它是校景之一，成为学校的重要标识。清晨当钟声响动时，老师与同学们穿过树林小道走廊进入教室去，钟声人影，织成和谐而亲切的意境，这就是弦歌之地，充满了师生之爱，同学之乐，我们沉潜在温暖的师生情谊之中。如今极大多数的老师已做了天上神仙，健在的也须眉尽白矣，而这钟声永远绵延着。我爱这钟声，它是静中有动，动中有静，有节奏、有韵味的一种声音，能移人之性情归于纯正。

尤其在下课之际，钟声响了，老师的音调随着钟声慢慢地缓和下来，终于停止，我们随之走到教室外活动。

如今学校改用了电铃，那种急噪的声音，顿时使上课的老师大吃一惊，如果心脏不好的话，真有些受不了。同时又带来了另一方面的缺点，铃声只限于教室内，校园中一无所闻，对整个学校来说效果不大，而且学校也不应该缺少这一种声音美。我到如今久久难忘的学生生活，就是钟声鸟语，可惜现在几乎都听不到了。偶然在校园中有一二声鸟鸣，辄使我神往不已。我常常在林下有这样的性情，同样我也回顾四周，同学中也大有其人，可知爱好是天然啊！

小学时代的铃声也是富有诗意的。我记得那位老工友，按时按刻既负责又沉着地摇起了铃，从他的神态中表示是如此的忠于职守，和对孩子们的喜悦。我们从他身上看到纯朴的工人品质，他虽不是老师，对我们这些小孩子们也进行了身教。

铃声在小学校中，它是符合小孩们的心理的，有它不可思议的效果。另外，古代有"振铎"之称，这里也许还有遗意存在。中国人对声音的效果是深思过的，卖糖的要打锣，的小锣声与"糖"的发声一样。卖粥的要打竹筒，这笃笃的声音又与"粥"为近。用得多么巧妙啊！电铃用在火车站还说得过去，因为火车是正在起程了，急躁的声音，在感情上可趋于一致。用在学校则有待于商榷了。我认为学校可以用钟声（小学用铃声），也不必打钟，用钟声录音在扩音机上播放，即不更进步多了吗。潍坊市邮电局的钟声便是如此办法，它为全市的人准确报时，又平添了潍坊"声景"，南归后钟韵犹绕耳际，留下了轻灵的回忆。

一九八四年九月

也说师道

记得童年上学，首先要举行"破蒙"仪式，先向孔夫子行礼，再向老师叩头，恭呈投师的门生帖，执弟子之礼，才算是个学生了。当然那时读书，老师坐在椅子上讲，我们立着旁边听。后来我做老师了，学生坐着听，而我却是站着讲，那还是师长。到了"文化大革命"，我已是跪在学生面前受审了。我真想不到，我的教育生涯，何其惨且多变也。我从上学到教书，到最后受"委屈"，"师道尊严"实在弄不懂。如今，流毒还未全消，做教师的仿佛仍然是低人一等，似乎只是出卖知识的人，师生之间还似乎缺乏一种最高尚、最美好、最恒久的东西——师道。

人之异于禽兽者，就是知礼，他的行为不是本能，是就范的，受文明约束的。那么，如今口口声声提倡文明和教养，人们对作为"灵魂工程师"的老师，为何又不能以礼相待呢？我想，这原因是两方面的：一方面，古人说得好，"养不教，父之过；教不严，师之惰"，就我们做老师的来讲，学生的成就与否，老师是应负全责的。看到不少青少年犯了罪，受到法律制裁时，我总是心事重重：社会是要负责的，而做老师的不是也有责任吗？至少，我们在教要严这方面，做得还不够。我们还多少有些明哲保身，怕学生。因为，在"文革"中什么苦头没有吃过？以为如今是非不弄到自己头上来已经很好了，管他什么教师之责不教师之责。另一方面呢，现在不少学生对老师是大不敬了，管他张三李四，我只要分数拿到万事齐备了，师生情义，更加谈不到了。如此以往，将成何局面？此事有关立国之本，岂容等闲视之。

尊师，在同学来讲是起码之理。礼恭而受益深。老师总是想着认真教学，希望自己的学生个个成为英才的。反之，不敬师者，其心不诚，心不诚，学则不固，甚至走向反面，犯下这样那样的错误，这种例子实在太多了。饮水思源，扪心自问，应不应该尊师，想来大家会日日趋明白的。往昔成历史，来者犹可追，爱生、尊师，为中华民族的优秀传统焕发新光辉，让我们师生共同努力吧！

读书忆旧

    中小学的语文教育，目前已渐渐引起高度的重视，这是好现象，我们知识分子都是受过中小学语文教学的，深刻的印象，到如今我还感激当时的老师们，饮水思源，他们对我的栽植，是垂老难忘的。虽然他们几乎都下世了，然而他们的恩泽是永远消灭不了的。

    语文课并不是文学技术课，用教语法来作语文教育的极大部分，是错误的、失败的。语文课是"传道"的课，韩愈早在《师说》篇中说过了。它要进行品德教育，爱国主义教育，培养高尚情操，以及使学生学会写作，能表达自己思想，并作为一种重要工具等多方面的。要全面，不能只见树木不见森林。

    中小学语文的课本，从我年轻时所读的，有那时商务印书馆、中华书局等出的教科书，所选内容是多方面的，有古文，有语体文，古文中有经书的篇段，有唐宋八大家的文章、晚明小品，以及诗词等。语体文有梁启超的、鲁迅的、胡适的、陈衡哲的、朱自清的、徐志摩的。总之从篇目看已经是中国文学史作品的缩影，老实说我后来一度做过浅薄的文学史研究，亦就是当年老师不但讲解了这些范文，而且最重要的要我们背出来，那就使文学史上的某些实例全在我肚子中了。《礼记·礼运篇》"大道之行也，天下为公"，梁启超的《志未酬》"但有竞奋不有志，言志未酬便无志"等佳句，指导着怎样做人；鲁迅的《阿 Q 正传》，朱自清的《背影》，使我认识到旧社会的可憎，父子之情的伟大。还有名人传记，教学生效法好的榜样，而那些朗朗上口的唐诗宋词，读起来比今天的"流行歌曲"不知要怡人多少。老师讲得透，学生背得熟，那就一辈子受用不穷了。如今老师一上台，有些像做大报告，照脚本宣读，学生也就听听罢了。因为老师对课文可能自己也背不出，尚未心领神会，讲起来当然干巴巴了。老实说做老师的不先花点力气是不行的。我真佩服我们前辈的老师们十年寒窗所下的苦功。

如今高等学校，中文系、新闻系、政教系等界限分得不清。更有的认为政治水平高，能认识汉字，就可作语文老师了。这三个系是有严格区别的，在旧大学中所授课程是不同的。我们不能把语文课教学看得太简单。可能我在这方面知道得太少，但我从侧面了解，存在这些现象，提出来同大家商量商量。

也许我调查得不够全面，有一部分语文教师繁体字不识，平仄声不能辨，韵脚不知，一教韵文，但解文字，不知音节。大学中文系的教师也还存在这些现象，那中小学的语文老师更不必说了。中国字，有形，有义，有声，是世界上特殊而优秀的一种文字，做老师的应该理解它。我是理工科的教师，然而日本大学派来的进修教师，带了汉诗来，请教于我，当然这些汉诗是与建筑有关的，我如果一无所知，那又怎么办呢？"学然后知不足，教然后知困"，能够边教边学，已算是好的，最怕说一声"这些老东西，封建东西，落后东西，淘汰东西，不现代化"，就轻轻地拒绝了。

中国的文章是重气，这是与其他的书画、建筑、园林、戏剧、医学等一样的，因此文章要朗诵，要背，得其气势，然后下笔为之，才能自然成势。谚语说得好："熟读唐诗三百首，不会作诗也会吟。"重在熟读二字。学语文课，不读不背，但存理解，要想做好文章，凭你的语法学得再好，也如缘木求鱼。语法不是不要学，学来是用以检查自己的文章造句，合乎语法规律否，并不是用学语法来写文章的。不是我今天讲句很不礼貌的话，很多语法老师，语法专家，可能写起文章来不能令人满意。这到底是怎么一回事，恕我难言了，明理人自能知之。

几千年传下来的传统学习语文方法，培养了无数的文人学士，我们不能轻易地抛弃啊！白话文不等于白话，口语代替不了文章，学语法不是学作文的唯一方法。熟读描写辞典，也描写得牛头不对马嘴，工具书是重要的，但不是唯一的东西。做老师要对课文能理解能背诵，做学生的也要如此，读书没有捷径，最愚蠢的办法，却带来最聪敏的结果，事物就是这样在转化。

最后我得申明，这些谬论仅代表我个人的一些"落后"或不明现状人的痴语而已，请读者原谅，我是面对着现在青年人语文水平不够理想而发的呼吁，我心无它。

课余沉思

连心脏病也要吓出来的下课电铃响了，退出了教室，人也有几分倦意，我总爱在校园中的石凳上休息一下，树荫下捧着书的同学们，使我羡慕他们的青春，追思着自己不可再来的少年流光，浮起了种种的思绪。我也注意着同学们的书籍，五花八门，有教科书，有杂志，更有许多外国刊物。从这些书中我回思到我学生时代同学们手中的书，同今天的来比比，分明是不同了，当时有挟着木板印的古本书，有烫金的外文原版书，有各种外文报、中文报，但是独缺那些与学术无关的流行报刊，看来个个彬彬然有学者风度，清风林下有朗诵古诗者，有熟练外语者，与树头鸟语相互酬答，真弦歌之地也。如今当然木版印书早淘汰了，老实说，繁体字不认识，连句逗也认不清，决无人问津了，由它去吧。外文书呢？近几年走了红运，当然读外文是应该的，但不少还是装点门面，赶时髦，以洋为尚，眩目而已，应该引以为戒。

大学的售书摊，照例应该有些学术书、学报等，如今每天挤满了人，其内容呢？当然是一些所谓"最吃香"的书刊，我总觉得与"大学"两字不相称。

我又回忆起上周我从无锡回上海，车中对座的一位某大学中文系毕业生，我向他问起了他那个大学中文系的一位名教授，回答是"不知"。我听他在频频低哼流行歌曲，又问他昆曲听过吗？说也可怜，他竟连"昆曲"二字也不知。他在苏州读了几年书，只去过一次狮子林，看来是位闭户用苦功的学生。但是，谈到这所名大学以研究诗而出名时，他竟连"白居易"三字也瞠目以对。接着我好奇地问他："你读点什么？"回答是文学批判与创作。"那么读《文心雕龙》总也有心得吧！"然而，回答也是不知。此后我也黯然了，默望着车外，想得太多了。今天我看到同学们挟着书，我想起了大学时代挟木版印书的同学，也想到了这位中文系毕业的"高材生"，到底我们祖国的文化应该如何继承下去。大学的语文课，要像过去的大学一样，文学院当然不可缺修，理工科大学亦是必修。

进而想到研究生复试了，作为主考的我，是要面试这批新"举子"的，我认为口试再重复一次与笔试一样的内容，那也太形式化。过去老师们对我们的学问考查，可说是无所不问、如今国外有许多学位导师也是这样。我问了有关这学生的乡邦历史地理、乡邦学者名人，可说是十无一人能答，能回答的只是教科书以内的东西。我有些愕然了。感到很痛心，这个社会上存在的普遍问题，做老师的再不予以纠正、扭转过来，来日堪忧。学问之道有教科书书本之内的，对书本之外的，更有许多常识的。而祖国的历史、乡邦的文献等，以及其他有关文化的著作，一概不问不闻了，如何爱家、爱乡、爱国？爱国主义教育，文化教育不是一句口号，是要通过各种渠道进行的。大学教育似乎太"专"了，老实说，学问之道，"由博反约"，古之名训，单科独进，理非所宜。文理相通，文化熏陶，看来要重视了，国外大学对这个问题，也洞悉，而我们何姗姗其来迟呢？我开始了这不切时务的呼吁，望恕浅见。

说茶

近几月来因为老妻去世，心绪不宁，文章少写了，尤其对那些有所感触的杂文，再也提不起笔来，人仿佛麻木了似的。在沉重的惨变与打击后，作为四十多年来的患难夫妻，这种情况应该说是正常的。

想要说的话很多，往往欲说还休，写了又怎么样，"你打你的，我打我的"，各行其素而已，多余的话，自己常悔恨着，何必多事。

我是一个爱茶若命的人，品茗是认为生活中的快事，没有它，恐怕到如今一个字也留不在人间，因为我生长在杭州，自小就爱上了茶，春日去西湖上坟，在坟亲家尝新茗，吃嫩茶炒虾仁，太美妙的享受啊！虽然"文化大革命"中我进了"五七干校"，可是在校中主课是采茶与炒茶，黄山脚下是产茶的地方，因此我这精神食粮仍没有缺过。去美国时，友人知道我饮茶，特别送我一个煎水器，使我依然"碧乳"在手，这消魂的伴侣陪伴着我。外国朋友见到后没有一个不羡慕我，要求同享清福。

大约是时代变化了，新年朋友们有时送我点小东西，不是"可口可乐"就是"橘子水"与"啤酒"等饮料，这真是受之有愧，啼笑皆非，青年们送礼也不懂心理，只好放在墙角做新"古董"，由它去吧！

于是我有所发怨言矣！夫茶者祖国之特产也，世界闻名，祖宗食此以生，祖国持此以换外汇，而今青年人几视为饮此"不文明""不先进"，乃落后之产品也，饮之有失现代化先进风度！甚矣！余不解也。我非营养学家，但知茶叶中有丰富的什么 V.C、什么素等等，尤其对人的眼好处尤多，我今年快古稀之年了，还不曾戴老花镜，目力很健，此仅一方面言之者。我们全国有多少产茶区，有多少农民靠生产茶叶为生，如今人们与茶叶疏远了，国内的市场销路减了，而国外呢？我从台湾与日本茶来比较，似乎炮制得不及人家，这种局面又怎样办？

我的牢骚又多了，如今宴会也好，交际也好，渐渐不饮茶了，市面上咖啡馆增多，茶店快绝迹了。我在无锡惠山杜鹃园想品茗小坐，说是只卖咖啡，不卖茶。原因呢？饮茶时光多，坐座少，青年人说茶是落后东西，要外国人吃的饮料，我们八十年代了。我唯有唏嘘不已。惠山竹炉煎茶，千古韵事，如今等于如来佛换上了"滑雪衫"；杭州天竺筷改卖刀叉了，用西方形式的东西来作为现代化的标识。我今春去香港，回来人们问我香港印象怎样，我说讲礼貌、清洁，他们还热爱民族的东西，喜饮茶。而我们呢？在这方面我不敢多写。有兴趣的话你去公共汽车中小坐片刻，体会便有了。

饮茶，中国人称为品茗，重在品字，日本人称茶道，贵在道字，这是真正的东方文化，饮茶是一种高度文化的表现。余惧斯道之渐衰，将使民族文化之消失，与夫国计民生之影响，茶虽"小道"，可不慎乎？

不毛之地

我们同济大学有一座教工俱乐部，二十多年人来已是花木扶疏，正厅是两用的，既可开会也可跳舞。最近修理了，几个老教师大吃一惊，原来厅前全部铺上了水泥地面，准备再打上蜡，说是扩大跳舞场地的面积，因为跳舞可收门票，增加收入。然而草地没有了，我们老教师休憩之地被掠夺了，大片的水泥地辐射热，直逼会议场所，痛苦万分。并且"文革"时期余留下来的铁丝网，又油漆加固一新，仿佛像集中营。

城市汽车增多了，许多单位热衷于拓宽路面，建造大停车场，缩小了绿化面积，甚至于砍了大树，来适应现代化交通工具。有些宾馆最好能使外宾的汽车开到房门前，不劳客人玉趾，用心何其苦也。本来绿化与广场汽车道不矛盾的，乔木向上发展，并不阻碍地面空间，植树安排得好，汽车调度也有秩序，而且树荫下，汽车也不受损害，真是一举两得。但是"聪敏"的设计与施工先生们，非干干净净全部"肃清"不可，一片白地，烈日普照，方称为快呢！我有些不解。至于公共单位的交通路线，越平直，越开阔，就是越有气魄，似乎设想太"周到"了。其实照我们的经验，路略为曲一点，可提高司机警惕性，减少车祸，而且路景也多变化，同济新村的路是有弯度的，三十多年来未发生过任何交通事故。真是柳荫路曲，鸣禽迎人，多少有点诗意与静趣，符合安居的环境条件。

我每天清晨上学校，总是在绿荫的小径里，缓步去上班，很安逸也真恬静极了。因为树木多了，空气清洁了，"众鸟欣有托"，鸟儿也多来了，虽然没有时花盛开，也感到有"鸟语花香"之意。因此，一个地方只有车行道，没有步行道，是不科学与艺术的，也是不懂辩证法的。

国外的许多高等学校，很多是见不到高大校门的，校舍在树丛中，隐约见到建筑物一角，其外则攀藤沿壁植物满布，形成美丽的垂直绿化。太清静了，真可说是弦歌之地，林间偶然传来提琴声，清远悠扬，令人移情神往。我们呢，校门越造越高大，同济超过复旦，将来交大超过同济，有如宫门。而门内大道百尺，平直且广，大楼高耸，似乎非此不足显出高等学府的气魄。老实说衙门是衙门，学府是学府，我们不能等同视之。雅秀明静是学校建筑的基本精神。前几天我们讨论上海电力学院的新校舍方案，大家都有这些感觉。目前我们建筑与园林工作者，对水泥地面产生了怨而难言的处境。恕我坦直，发此谬论。

阿 Q 的帽子

从前过春节，大家都准备好新帽子，戴上了它，算是加冠了，讨个口彩，因为"冠"与"官"声音相同。中国人一向对"官"的兴趣特别大，小孩子叫"小官""阿官"，跑堂的称"堂倌"。寿终正寝送入棺材，也是"官"旁加"木"。

不久前画家刘旦宅到我家来，要我为他题《红楼梦》画。初见之下，我大吃一惊，以为是老家绍兴来了人，因为他戴的是绍兴毡帽。仔细一看，原来是刘画家，相对莞尔，这个神态倒有三分入画。过了两天，我去宁波为天一阁部署园林，在火车中见到从国外来的华侨，另有几位看上去是文化人，也戴上了这种帽子，于是我感到相见恨晚，自叹信息不灵了。本来帽子应该是无贵贱之分的，它的主要功用是保暖，因此在旧社会，人们春秋用夹帽，稍暖用纱帽。我们小时候戴的瓜皮帽，春节时加上红顶子，绍兴人称为"圈帽红顶子"者，便是也。红顶子的圈帽，只配赵四老爷一类人戴，阿Q只能戴毡帽，因此它也随着官帽一样分成等级了。戴毡帽的都是下贱人。其实毡帽轻便，可折叠，冬季风大，可以防寒护耳，实在是很实用的。加上这种帽子构图妙，形态美，因此国外的绅士先生们，国内的学者艺术家们也看中了它。阿Q如地下有知，亦将拍手叫好，上咸亨酒店去大喝一次，在赵四老爷前大摆威风了。

我国民族传统的事物中，有许多值得今日继续推广应用的东西，问题是怎样对待它，怎样选择它，怎样发掘它。这些东西是否符合今天的需要，可以加以研究。绍兴毡帽，从来没有见过广告与宣传，然而它却暗暗地、无声无闻地到了现代人们的头上，这实在太奇妙了。这里，可引起我们对如何古为今用，保存民族特色这一系列问题进行深思。将来香港进来的阿Q型毡帽恐怕要与牛仔裤一样风行社会了。阿Q是善良的好人，纯粹的人，阿Q式毡帽，亦同样表现它朴素实用的美，是富有民族形式的传统的新产品。小游归来，薄醉挑灯，写此杂感，此志吾闻。

花边人语

　　我国文学体裁上有所谓"闲适诗"，它的特点是清淡、宁静，说得高一点是没有庸俗气，使人读后感到身心安逸。我在纷忙的工作之余，手此一卷，对于消除疲劳，确有意想不到的功效。由此我便想到这本《鸟语花香》，它何尝不在起同样的作用呢！一个人要能紧张工作，也要能安静休息，并从高尚的文化生活中开拓健康之路，方为上策。这对老年人的益寿延年来说，作用更大。有张有弛，从辩证观点分析，是相对的，又是相辅相成的。

　　在自然界，鸟语花香，是客观存在，又是属于精神享受的一个方面。爱之者视同珍宝，藐视者无动于衷。近来有人猎禽打鸟，以图一饱口福，说他无理，他说：我是推广野味，搞活经济。更有人砍折名贵花木，却道是全面利用、增加生产。如此逻辑，令人愕然。我无以名之，只好叹口气，狠狠地骂他一声：没文化！但他却回敬一声：你不讲"实惠"。最后自然是他先下手为强，而书生意气，好作空论，自求没趣。

在海外作客时，每见房舍均被浓荫覆盖，周围绿草如茵，繁花若锦，而枝头鸟语啁啾，似迎远客，真是诗一般的境界。入其室，则盆栽瓶插，花色艳丽，清香扑鼻。偶然在窗下飞过一群蛱蝶，出现几只小鸟，真叫人有宾至如归之感。对比这种亲切感人的气氛，不由自艾自叹，我们自己的生活太单调了。如今我正在写这篇小文，是上午十时半，广播中传来了华文漪的歌喉，悠扬的昆曲唱腔，使我更想念这位朋友，仿佛她又出现在我的身旁。早兰乍放，正象征了她那高雅的曲调与超越的才华。文漪的歌喉，在我聆听的片刻时间里，比鸟语还美。人是能创造美的环境的，在乎你怎样去选择与安排。如今又出现了另一种的鸟语花香。

"忽有好诗生眼底，安排句法已难寻"。一个人常常遇到这种处境，在无可奈何的情况下，好文章轻轻地过去了。我是不喜欢赏名花的人，我钟情于绿叶的植物，无华的鸣鸟，就连画图也以水墨出之，这种恬淡的爱好，也许与我的性情、年龄有关吧！"纯"与"真"是世界上最珍贵的东西。那种千锤百炼，由绚烂归于平淡，从复杂趋于概括的事物，并不容易得到。兰花与昆曲之美，是高度的艺术境界。"输与新来双燕子，衔泥犹得带残红"，"月淡风斜江上路，芦花也似柳花轻"，常人不注意，俗客不理解的东西，都存在着微妙的感情。

曾记得宗白华教授，解放前生活十分清苦，秋天只能在书案上瓶插几枝梧桐叶，人家说他穷也穷得美。宗老是美学家，只有他才有这样的高怀。近年来，人们对花鸟的爱好与日俱增，普遍开展，使人欢喜，情操是高尚的，然而还有一些人斤斤于花鸟的经济价值，风雅中带点铜气，颇感遗憾。花鸟的欣赏有助于文化道德的提高，兼及身心的修养，但舍此求彼，唯利是图，那似乎离题太远了。"明其道而不计其功"，主次还是应分明的。"泪眼问花花不语"，我为因"风雅"而出现的"市侩"与"财奴"作风唏嘘。

"有路"和"有数"

　　社会在进步，时代在变迁，新词汇一天多于一天，就连方言也在起变化了。我前年在绍兴鲁迅纪念馆做一次报告，因为我是越人，听众要我说家乡话，但我的绍兴话，却是儿童时代从老一辈的口中授教的，今天说来有许多词汇年轻人就听不懂。这不怪年轻人，只显得我有迟暮之感了，我应该学习，不然我就跟不上时代了。

　　"文化大革命"以后，许多青年口中有两句话，一个叫"有路"，另一个叫"有数"，本来这两个词汇并不陌生，也不新奇，更不需要令人深思，但如今应用在某些地方，我感到弄不懂，到底含意是什么？因为他们在用这两个词汇时，用得很巧妙，彼此之间属于"心有灵犀一点通"，眉目传情，"微言大义"，颇难捉摸，然而成效却非一般，达到了"有路"真是无路不通，"有数"

真是万事如意的境界！

但我常常在想，这"有路"与"有数"之中，蕴藏了点什么？说得好听点，是一种科学性很高的概括词汇，假如降格以求，是一种隐语，而且大部分是不很体面的隐语，只有同伙人才能解意，路有正邪之分，数有虚实之别，但是从我这老朽的半聋的耳朵听来，很多青年包括如今扩大队伍的中年人，也学上了这两个词汇。听说能纯熟地运用的人，必然路路皆通，无往不利。可是葫芦中到底卖的什么药，局内人当然是知道的，局外人只有瞠目结舌，不知所云。

"有路""有数"的人终究不多，他们是智慧者，但愿能将此词汇正大光明化，那才是高尚的语言。宋人晏小山词："前度书多隐语，意浅愁难答。昨夜诗有回文，韵险还慵押"。我面对这种"隐语"，又愧惜无晏小山之才，只好瞎来诠释一通，罪过！罪过！

"请示"与"研究"

　　古代孔子门下有言语一科，现代又有词汇、修辞等新名目。而我们如今讲语言美，更要斟酌用词了。当然干一行，有一行行语，其中大有文章在，值得文学家、语言学家、社会学家们研究与探讨。非简陋如我者所能道及。我如今在工作中，以及友朋中，常常感到"请示"与"研究"两个名词的"耐人寻味"。

　　"请示"在工作与公文中极为普遍，也是大家听惯的，它既表示了下级对上级的尊重，又表示了对工作的负责，不擅作主张，是一种守法的表现。这样做，我们拍手叫好。但是在某种人身上却走向了反面，变成不负责任的推诿辞，看来是很负责，实际是一推了之，本来可解决的问题，却偏偏要请示一下。我也在想，我们教书的人，如果同学发问，也搬出这样一个"法宝"，那真是救命皇菩萨了。可惜教责自负，无法"请示"啊，苦水自己喝吧！

"研究"这两个字，那更巧妙了，态度好，热情，但结果却是空无所有。你今天去，回答说"研究研究"，明天去，同样也是"研究研究"，有集体研究、深入研究、慎重研究、日后研究、与有关单位研究。如此"研究"来，"研究"去，不知何日才会有结果。向神求签，还分上下，"研究"一来，吉凶未明。

我在报刊上写过一篇《钟韵移情》，希望学校能用钟声代替电铃，这小文总算打动了"上帝"，同济大学教务处想改用钟声了，但事隔半年，负责同志说，他已经请示过副校长了，正在研究方法。回答得冠冕堂皇，我真不解，这样一件小事，也要"请示""研究"，他负责同志的谦虚谨慎乃尔。

对于"请示"与"研究"两个名词在今日的深意，有机会可以开个讨论会，我相信必有宏论惊座也。

说"鬼"

光天化日之下说起"鬼"来，有如痴人说梦，胡言非语了。也许因为我老妻去世不久，感情上希望有鬼，那么她万一出现了，我们还有重逢机会。人们也许会同情我的。如果确没有鬼，为什么古书上有鬼的记载与描写呢？文字上有鬼这个字？而戏里面大家又偏爱看鬼戏。梁谷音在昆剧《活捉》中演阎惜姣，是扮鬼主角，我戏弄她叫她活鬼，因为活人演得太像鬼了，是鬼呢？却也很有人情味，大有"鬼灯一线，露出桃花面"的意境。

鬼是可怕的，人们怕见鬼，但真的鬼来了倒也不怕，《聊斋志异》上不是有许多可爱的鬼吗？而鬼影呢，那比鬼是可怕多了；鬼风鬼火呢，则更厉害了，鬼头鬼脑，鬼计多端，不论在政治上、人事上、交易上，却教人心惊；鬼话呢，言而无信，说来说去，还不是在"鬼"字上作祟呢！鬼又称"没脚佬"，这是大约与人差异之处。所以演鬼画鬼不能见脚，深佩艺术家巧妙构思。鬼看来不是真有的，可能是假的代辞，鬼音与"伪"近，鬼者伪也，是个假的欺骗恐吓人的东西。过去一提起鬼子，毛发悚然，后面再加上一个兵字，鬼子兵那是要杀人放火的，是无所不为的凶恶人了。当然以往见了外国人有人称洋鬼子，这是不礼貌的，实在当时中国人从未接触过西洋人，相信也没有真见过鬼，容貌在主观想象中仿佛与鬼相似，这些我们也不能苛责了，已成往迹，人家亦谅解的。

前晚看电视《阿Q正传》，见到了假洋鬼子，很是亲切。阿Q是被假洋鬼子一群人害死的，但阿Q虽然还是代代有，而假洋鬼子大有"野火烧不尽，春风吹又生"之态。通过"文化大革命"的锻炼，阿Q有的牺牲了，有的被"改造"成为假洋鬼子，如今阿Q不知少了多少。而假洋鬼子呢，随着潮流的"先进"，不断地大有增长，有些令人生畏了。我们这些"顽固"分子，处处有挨文明棍的危险。我不得不为自己刻了一方石章，印文是"阿Q同乡"，聊以解嘲，好在祖籍绍兴，还没有冒籍啊！户口簿上写得清清楚楚。阿Q为什么痛恨假洋鬼子，因为在那个"假"字上。鬼为什么可怕，因为它不是真的。如果说我们真的洋了，那是需要的，我们是要向东西方学真的有用的东西，搞好四个现代化。现代假洋鬼子，比赵四老爷的少爷还要道地，赵家自吹是"书香传家"，他像至少还有几只装点门面的书箱，如今呢？冰箱放在会客室正中，正如假洋鬼子西装领结打在胸口一样。可怕的是"冰箱门第"代替了"书香门第"，绍兴青年吃啤酒，杭州青年饮咖啡，黄酒乎？龙井乎？一律入博物馆，杭州西湖不正开张茶叶博物馆吗？我有些别有一般滋味了，高呼假洋鬼子万岁。

文章写到这里，我感到写不下去了，可能是"鬼"在显灵，我有些害怕。读者当我"鬼话"便是，不必谴责我呢！

踢足球

电视上几乎每晚都有足球赛映出，孩子们很乐意看，老头子也只好从"命"，痴对着荧光屏。人是不可能没有思想的，往往无谓的联想，却又是真实情况的缩影，我们造园的人叫"悟"，叫"小中见大"。

足球比赛有个大场子，参加的人数多，比赛的时间长，来往奔波，跑得满头大汗，最后也许弄到个平局，或者双方一球也没进网，下次再赛吧！这是事实，观众无人不知。

我近来在静观万物中，包括我自己在内，有时也当上了足球员，在大场子中跑得疲于奔命，一无结果。我有些羡慕打乒乓，一来一去，问题解决得快，场子小，人员少，效率高。我是建筑工作者，就拿最近龙华寺内部要建上客房来说吧，市领导已批了，还要建委批，规划局批，宗教局批，城建局、园林局、文管会同意，区里宗教学会、佛教学会点头，以及新添了什么上海城乡建设会及上海建筑学会下的这个委员会、那个委员会要评议等等，领导与专家太多了。正像球场，越来越大，球员越来越多，踢来踢去面临疲于奔命的地步，观众们急煞，而守门员仍是那么严阵以待，不知何时能进入一球，使结果可以早日得见分晓。当然佛法无边，回首是岸，多修功德，善人是福，想总有开颜之时，能皆大欢喜的吧！

白居易诗上说："一样爱鱼心各异，我来施食汝垂纶。"同样看足球，我与孩子们的心情不同。岁月惊人，社会主义四化建设，要加快速度，又多么希望有些地方能够精兵简政，讲究实效啊！

阿 Q 同乡

我有一方图章，刻的是"我与阿 Q 同乡"，所以人家叫我"阿 Q 同乡陈从周"，《浙江日报》以此为标题，还刊登过一篇文字。我祖籍绍兴，我总觉得阿 Q 是一个忠厚的人，在他身上有高尚的品德。遗憾的就是不能触及他的头，一提及他就要恼火，因为在他头上缺点太多了。

这个小小的问题，对我有所教育与启发。人在世上不可能没有缺点和错误，就连大诗人杜甫对李白也写过"人云皆欲杀，我意独怜才"的佳句，问题是成绩与缺点的比例问题。凡是优点多，对人民贡献大的人，是不怕批评的。没有偷过东西，人家说他是小偷，只不过一笑了之，所谓"自问不做亏心事，半夜敲门不吃惊"。但是错误太多，就成为阿 Q 的头皮了。缺点多了，即

196

使人家表扬了他，可是也反应不大。同样，优点多的人也不在乎表扬。能勇于任事的人，是不怕批评的，只要你说得对，我就照你办。反之，尸位素餐，无所事事，专门为私而"奋斗"的人，那是同阿Q对待身体上的缺陷一样，很自动地咆哮起来，或给人小鞋穿，事物又走向反面了。这几乎是逃不出辩证法的原理的。

缺点多变成缺点少，这是矛盾转化。适当的表扬是应该的，我们不能将事物看做是一成不变的。要善意好心肠对待他人的问题，要热心予以帮助。青年人如果对待自己的缺点，有如阿Q对自己头皮那样，可就今生难改了。"毋以寸朽，弃连刨之材"，还有望善于发现人才呵。

怕君着眼未分明

一位我们同济大学园林专业毕业生，今天匆匆从某地赶回来，希望学校为他解决这次分配不对口的问题。事情是这样的，因为他读的是园林学，地方单位将它分到林业局，从表面看来都是"林"啊，事实呢？完全是两个不同的专业，凡是有点常识的人全知道的，然而我们办人事工作的同志，却也"难得糊涂"了，如此乱点鸳鸯，怎样人尽其才呢？

这件事原不奇怪，我写的那本《园林谈丛》，书店里不也放在林业的柜台里吗？许多同志到建筑与文化的书柜去找，却找不到，而它却悄悄地睡在另一角落。也是一个"林"字在作怪。

这两件事引人深思了，为什么在干这项工作而对于专业知识又这样不肯去亲近呢？错就错了，反正在政策上没有犯过失，在营业上也没有出岔子，我行我素，照样升官加薪。可是人才啊，人才！书读者一时找不到问题还不大，人才的合理分派与使用，却马虎不得，马虎了就要浪费人家的时间与生命啊！

如今大学的学科分得很细，又添设了许多新专业，毕业生分到外面去，在专业名称上往往一字之差，便要错定终身。因此我希望管人事工作的人，也要有专业知识的学习，对人才还要了解其道德、文化、学术、技术水平。我们高校的人事主管者，如果他对教师只管政治思想而对文化水平、业务水平、科研成就、教育质量全无所知的话，那就算不了是称职的人事工作者。

我记得当年叶恭绰老先生对我说："我选用属员，不仅看资历，我要面试以后，方才分配工作，这样容易识别与任用人才。"后来茅以升先生也对我说过，他从美国学成归来，在交通大学唐山学校任教，叶老先生任交通总长，与他一席之谈，对茅先生做了全面了解。不久就提拔为该校副主任，那时茅先生还是风华正茂的青年啊！茅先生一直对叶老先生怀着知遇之感。

如今党中央提出要选拔年轻有为的人才，确是英明之举，但希望做具体工作的人，要"着眼分明"，各行各业都有它的特殊性，专业性，做到老，学到老。

必也正名乎

上海南京东路有一家药房，招牌是叫"冠心"，我每次经过，总感觉恐怖可怕，我的心脏虽然还正常，但体会到冠心病患者见此二字，不知是何滋味，恐怕连购药的勇气也没有了。在苏州曾见到有一处中药铺，名"养心堂"，高高的白墙石库门三个大金字，这家百年老店，令人亲切，听说因为命名好，药未到口病人就有舒适之意。因此后来营业鼎盛，直到今日还是如此。"冠心""养心"一字之差，观感大不一样。近来大家在讲经济实效，对于市招，也要讲点艺术性，也考验商业工作者懂不懂得一点心理学。

记得小时候家乡茶食店有名"宜香斋""颐香斋"的，所制的条头糕特别好吃，杭州人至今还在叫颐香斋条头糕，"宜香""颐香"多么耐人品味啊！王星记扇店未发达之前，"舒莲记"扇庄负大名，夏天扬扇，这"舒莲"，是多么文雅的字面，多么富有诗意的境界。王星记三字与之相比，似乎俗了一点吧！西湖湖滨原有一条路叫花市路，在临湖的路口有名"一朵花"的一家运动服装店。"花市"与"一朵花"连在一起，既漂亮又有吸引力，给我留下了五十年难以磨灭的美好印象。

南昌路上那爿餐馆名"洁而精"，这三个字使就餐者顿有好感，能吃上一顿既洁又精的菜饭，亦是丰富营养，愉快身心的一件美事。正如"绿杨村"菜馆一样，因为取名好，能诱我过门必入。再看我们同济大学门口有个食堂名"彰武食堂"，这是杨浦区商业局为我们近二万多名中外师生及家属安排的饮食店，是一处国际橱窗，不要看它"两间东倒西歪屋"，却是我们的命根子，没有它真叫苦连天矣。因为过去太不重视清洁工作与食品质量，大家称之为"脏污食堂"，这一下名气倒大了，群众的眼睛雪亮，大众的辞汇最朴素，最生动，也最妥帖。虽然区里对此已有垂怜之心，略略地有点改进，但又如水上的微波，轻得几乎还如平镜一样。借此呼吁一下，小中见大，不要小看这学校门前一角，是要影响国家声誉的。

屈原在《离骚》上写着"肇锡余以嘉名"，意思说给我取个好名字。好名字是何等的重要，尤其商店的名号更与营业有关。我的粗见认为应该第一要能反映出这店号是什么性质；第二要有华丽亲切之感，能吸引人；第三要使人能懂，即使用字比较含蓄一点，可是一经说明，能恍然大悟。那又比一目了然者好一些。过去招牌用黑底金字，人称金字招牌，这是在艺术处理上经过推敲的。金色在黑底上最鲜明，正如美人乌黑的头发上戴上了金钗，耀眼夺目，即使在昏暗的光线下亦能见到。而招牌的字，多数是用丰满的颜（真卿）体，或是其他工整的书法，观者远近都能见到，从来没有以行草作市招的，并且金字是略高于黑底平面，在视觉上有立体之感。这些传统招牌的做法特征，如今已被人淡忘了。古为今用，有许多好的做法与理论，在今日我们还有借鉴的地方。

废话也许有益

近来常常接触到一些事，不能无动于衷，想不说，总是在脑际盘旋，看来说出了它，可能感到轻松一点。如果因我这些"废话"于事实稍有补益，那就喜出望外了。

每次上街，看到"长江刻字厂"的巨幅招牌，我不由想起：刻印，从前称为"金石"之学，刻印的人称之为"印人"或"金石家"，经营印章的店称为印社，如"西泠印社""宣和印社"都负过盛名。如今来个"刻字厂"，真是"工业化"了。

以此例范之，国画院可改为国画厂，大学院校可改称培养人才公司……

"必也正名乎！"

"江南园林甲天下，二分明月在扬州"，这两句是我对苏扬两地园林作出的评价。粉碎"四人帮"后，两地园林管理处对所属园林郁进行了整顿，令人欣慰。但是苏州网师园只开后门，扬州个园只开边门，游人入内，莫名其妙。尤其外宾进园，更须费口舌进行解释。园林不遵游览线，等于一部小说、一部电影不从头看起，这是稍懂园林之趣的人都会感觉到的。

从南京到扬州的公路上，本来车近城郭那一段，垂杨夹道，柔条迎人。如今合抱的杨树统统连根拔了，换上了近年最时髦的水杉，实用价值高了，风景点缀却破坏了，"绿杨城郭近扬州"成为历史陈迹了。

无锡风光久负盛誉。晓山凝翠，晓雾笼晴，山不高而多层次，其妙在于有林木，有云气。可是如今呢？我每次车过无锡，望惠山，怅然难言，它的山背几已秃顶，无大木，无丛林，惠山渐渐地瘦小了。大概是用惯了"假领头"，只看一端，不及全身。

寄语无锡园林管理处，前山是布置好了，后山却疏忽了，这样做是不够的。这会使人觉得，无锡虽好，惠山却只半个，假使我没有游过前山，光从火车窗口瞭望，这惠山是令人扫兴的。

老年人要"老实"

记得几年前在北京拜访茅以升老先生时，我说过，老年人仿佛像一株名贵的老桩盆景，要多注意保养，不要经常参加展出，随便变换环境，免得碰坏。那一次还提出了"老实"二字。对我的话，茅老莞尔以报，或许是觉得我的话还是有些道理吧！他这几年来，确是深居简出了，虽然九十高龄，仍能保持清静健康。

在老辈跟前，我只能称得上小弟弟，但如今也年近古稀了。因为还没有退休，每天照例总要到同济大学去。过去我还骑自行车，如今也不敢了，在横穿马路或车辆行人众多时，我总是分外小心，宁愿甘居落后，老实让人。"树欲静而风不止"，我去避它，它却无端地来碰我，我如何能受得了，还是老实点吧！由此而推之，老年人长途旅游，单独乘车等，更应该谨慎点了。生活

205

在大城市的老人要注意，千万不要在人最多的时候上菜场，抢购蔬菜，去凑热闹，市价略贵一点，也不必计较。万一因此而身体受到损伤，那就得不偿失了。

再说穿衣，老年人体质总是比年轻的时候衰弱了，在冬夏两季更宜注意，不可充好汉。人家青年人讲究季节服装，赶时髦，老年人就不行了。我们只能老老实实地因体质而选衣，这样也许"笨"一点，但却是实惠的。

至于饮食问题，也必须老实对待。过饱之餐，过冷之食，过量之酒，"吃下去容易，吐出来难"。"病从口入"，是经验之谈。老年人，大多数都有节约的传统，食物放得时间长了，也舍不得扔弃，总是"能吃下去的，还是要吃下去"。有人会说，"年轻的时候，在旧社会，不也是这样吞下去的吗?"这就有点不"老实"了，此一时也，彼一时也。老年人如今无法充英雄，也没有必要充这种英雄。老实人做老实事，对我们可以保健康到老。

同样，对营养品与补品，与一些必要的药物，也要持老实态度。孔子说过，要"中庸之道"，无"过"无"不及"。有些老人会说："多吃点有什么不好?"这正如我们养老桩盆景一样，肥料要用得轻，甚而至于不用，用得过重倒要走向反面。如果不遵医生之言，药物用得

206

不当，出了问题可就大啦，这件事来不得半点虚假。

写到这里，我又想到老年人对自己的认识也要有一个老实的态度，不要不服老，也不要以为一老就不中用。有的人认为"人老珠黄不值钱"，是不正确的，至少是不全面的。实践证明，无用之物往往最有用。我们今天提倡尊老敬老，不仅仅因为老年人在过去的革命斗争和社会主义建设中作出过贡献，而且对今天正在进行的现代化建设仍有重要的作用。古人说得好，"经验即文章"，"人老是一宝"，哪一个老人没有几十年的阅历，哪一个没有丰富的经验！孔夫子当年就礼于老子，因为老子长于他，孔夫子谦虚地、恭敬地向老子求教。"圣人"尚且尊老，向老者学，况众人乎！

在衣食住行上老实点，有利健康长寿；对自己评价老实点，正确认识长处与短处，易于自处。最后，我以小诗两句："晚晴无限斜阳暖，不信人间有暮寒"，为诸位老友祝颂。

校书扫落叶　无错不成书

古人曾说过，校书如扫落叶。错字是越校越多，因此出了许多校勘学家，为前人著作尽了极大的力量，图书之功臣也。从前福州路有家书店名"扫叶山房"，其命意亦即在此。

近年来文化事业昌盛多了，出版的书籍杂志报刊也仿佛雨后春笋，太令人兴奋了。然而遗憾的是校对工作疏忽了一些，差不多每篇文章错字不在少数，有些明显的当然一目了然，有些是令人费解，有些却笑话百出矣。这里深刻反映了一个文化水平问题。其错误根源，排字人识字不多，校订人以误传误，责任编辑粗枝大叶，有些是作者无知，编者糊涂。这也可说是基本功问题，繁体字不认识，作者偶然写了繁体字，排校之人弄不清，又不去查，任意放上一个铅字。还有许多诗词韵文，编辑不知平仄韵脚，错也不能发现，甚至律诗绝诗也搞不清，分行错了。最可笑的有些隶篆字，连写也写错了。还有一笔之差，面目全非。我曾见到绍兴酒行，有印成绍與酒行，原来與和兴的繁体字不识，而與字又往往印成興字，等等不一而足。

最近上海大学开了个编辑讲习班，要我去做报告，我就谈了编辑的基本功。我曾见到过商务印书馆的老校对，他正如老会计一样，前者一本书哪几处必有错字，一找就找出，后者何处短少数目一轧便轧出，这正是他们的一技之长了。

我认为一个出版单位，应该是小中见大，其出版物之水平高低，对错字一关应作为主要标准，这是最起码的检验方法。总编辑要亲自抓这项工作，印刷厂的厂长也应该如此。奖金的多寡也要依此为依据，而读者可以检举书中的错字，这样多方面的努力，也许可以改进今日出版物中错字成灾的现象。作为一个作者与读者，我呼吁：亲爱的总编先生们，印刷厂厂长同志们，你们万勿等闲视之啊！

文章写给外行看

　　写文章这件事，想来不必再多加解释了吧。说它难，也不算难；说它容易，实在太不容易。自古及今，文章之多，岂止汗牛充栋，但能流传的又有多少呢？

　　有的能流传，是为了什么？有的无形无影地消灭了，又为了什么？文学理论家自然能说出很多很深的道理，而我仅能从我的直接感受中提出一些看法。我的卑论是"文学作品科学化；科学文章文学化"。目前的杂志刊物，数以千计，使人眼花缭乱，有些看了不忍抛卷，有的略一翻阅，便索然无味。这是从我个人的爱好来评定优劣的，其中也存在着我上面说的那点小道理。如常见的旅游文章，不少是谈景无情，叙事不实，文字又干巴巴的，一点没有意味，如何能引人入胜呢？

　　问题首先是文学的修养不够一些，但是典章考据也常常以讹传讹，不够确切，这就是科学性不够了。反转来再看有些科普文章呢，却是满纸术语，加上一些外来的新词，非此中内行，看了如坠五里雾中。如果语法有问题，用词不讲究，普及的作用又从何谈起？当然专门性的科学论文是不在此列的。友人林徽因说过："我们的作品会不会长久存在下去，也就看它们会不会活在那一些我们从不认识的人……"（《纪念志摩去世四周年》）引申的话也可说，文章要外行人能看懂，也就会广为流传了。这话对我们作教师的课堂教学，也有极大的启发作用。

近来有很多人在攻外文，但是他们却忽略了中文的修养，因此译出来的文字也只有自己能懂。外文虽好，中文不过关，也当不了翻译家。很多的知名翻译家都是在中文上下过大功夫的，如傅雷就是。

我对于大学研究生入学考试，曾提出要考语文；我教的古建筑与古园林，虽然属理工科，但研究生入学考试要加古文与繁体字的测验，这个关不通过，外文再好，对古代文献茫然无所知，也难以深造。千句并一句，我们中国人一定要学好祖国的语言文字。

新岁说戏

新年到了，这是人们的喜事。接着又是春节，按中华民族的习俗，是要有热闹的文娱生活的。我们年轻时，最爱看昆剧与京剧。在江南，昆剧更是老少皆爱的剧种，后来京剧勃然兴起，且有超过昆剧之势，但毕竟两者是有血统关系的。新年春节中名角都要上台，好戏迭出，痛快地饱一次眼福，那种印象，记忆犹新啊！近来我们这一辈谈到京、昆剧，好像成为落后分子，甚至于有些人认为看京、昆剧有些不光彩，因为没有迪斯科时髦，连昆剧的产始地昆山，也没有昆剧团。北京青年说京剧听不懂，这益发令人不解了。有些人数典忘祖，或有可能，可是通过了一次"文化大革命"，连祖宗十八代都快忘光，未免太奇特了。正如一些青年吃饭不用筷子，改用匙子，无理的抛弃，盲目的求新，似乎还有商榷余地吧。

我的儿子给我拿了一张报纸叫我看。上面有这样的消息："北京一家剧院中，一群京剧演员站在舞台上，借助电子吉他、合成器和鼓的伴奏，大胆地唱起音调高亢的传统唱腔。"但结果"一位年轻观众下的断语是'不成功'。他说：'我听京剧，是想听地道的京剧，不是这种玩意儿。它既不像京剧，又不像现代音乐。'很可能，吉他和合成器不但没有吸引更多的新观众，反而丢掉了老观众。"说得太痛快了。我的结论是，这样做"古不能古到底，洋不能洋到家"。京、昆剧是历史剧种，正如故宫、长城、网师园、拙政园等，是累积了精华的历史遗产，我们无法改造这些古建筑来作跳舞厅与儿童游戏场，我们要维持它们的本来面目，因此我们在这个问题上的方针是"整旧如旧"。总之，这些京昆古老剧种，应该尽量保持原状，演得有法度，有传统才好，甚至可不用"扩音机"，也不需要布景，越"纯"越好。如果要新的话，那就洋到家，另演革新戏吧！若干传统剧种，就要像文物那样，丝毫不走样，千万不要把文物装上塑料座子，油漆一新。有些好心肠的革新家，让京、昆剧加上大小提琴，弄得如北京烤鸭放上番茄酱，吃不到烤鸭原味了。传统剧如果照北京那次的这种演出，要造成加速破坏，弄得老中青观众、国内外观

213

众一个都没有，最后自趋灭亡。对于传统剧种，我们的责任是培养观众的欣赏水平，引导他们。上海昆剧团这次开的昆剧每周一曲学习班，办得很成功，成百的青少年与老年人去参加学习，既丰富了文娱生活，又学到了昆曲，更热爱了昆曲。在静安小剧场每周周末演出，观众是满满的，可以说，文化需要提倡，而不是迁就"下里巴人"，也不是搞改良主义。如今不古不今、不中不西的事物，往往结果是不伦不类，包括其他许多类似的兄弟剧种，都有注意的必要。我不反对古为今用，洋为中用，可以大胆创新，不过要避免"继承不足，革新太快"的现象，否则是要出问题的。要做深入细致的研究，要弄懂历史的发展，加以理论分析，然后才能水到渠成。千万不能盲人骑瞎马，欲速则不达啊！

从大饼油条说起

有些话想说，但终于"欲说还休"，锐气消沉了，性情惨淡得如秋风前的白纱帘。我每天面对着同济新村门口唯一的"餐厅"——彰武食堂时，默默地经过，也无辞以对了。我这在大学校中曾被誉为"大饼教授"，如今已经光荣地退出了历史舞台，因为附近再也买不到大饼油条了。我在屡次的人大、政协会上，受群众之托，提出要恢复大饼油条敞开供应的提案，可是事如春梦了无痕，何其难也。财办讲，大饼油条要蚀本，物价管理局说不能任意涨价，最后提案成虚话，不了了之。

我真不理解，任意涨价的食品不是没有，为什么要在大饼油条身上大做文章。老百姓说，我们只要能够买到，价格允许涨一点，而主管的同志为什么"原则性"这么强？就是不卖，管它什么群众意见！相反有些人在提倡早餐品种，说大饼油条落后了，提倡西点，又要咖啡进入家庭，这真是"月亮也是外国圆"。而外国人、华裔又不远千里而来中国访求大饼油条吃，他们说风味之佳，无与伦比。贝聿铭在苏州要品尝此家乡美味，可惜得很，那油条硬时像铁条、软了像链条，宾馆只能"西"而不能"中"了，恐怕将来要出口转内销，外商贴洋广告，那又要排队抢购了。

不久前去绍兴，小青年鄙视黄酒，要饮啤酒了，这正与用咖啡来代替茶叶一样，如此下去，我们的茶叶、绍酒等生产是要遭受到重大冲击，怎么办？这种不切实际的假洋鬼子想法，阿Q如在世必大打出手了，他是纯正的。

大饼油条问题，小中见大，是目前社会中反映出来的一个不正常的苗子，望主管部门万万不能粗心大意啊！

行路难

　　老妻在瑞金医院动手术，呻吟病榻，作为苦乐相依四十多年的丈夫，不能将护理之责，全部委托给儿辈。小女馨儿已经为了母病，辛劳过甚而流产了，反又增加一个住院者，人至此日，老情何堪！

　　我住在市东，到瑞金路多要乘三部车，少则也要两部，往返最多要花三四小时，常常就是一半天在途中浪费掉了，当然挤车之苦，如今也不必多谈了。有几天又逢下雨，更是苦不堪言。

　　我在这苦处中，发现了上海的市政工程，似乎太"先进"了，这只怪我们，当了半辈子以上土建大学的教师，却没有培养好人才，内心有疚，应受谴责。就拿我上车而论，站前积水成塘，跳越无能，那就得牺牲皮鞋，我长统靴尚未购置也。

由于车太挤，有时我宁愿"安步当车"，天晴时从大路一直到人行道，还看不出什么路病，可是一下雨，低者成洼，在昏暗的路灯下，几乎"五步一楼，十步一阁"，那积水小池，远超秦始皇阿房宫的楼阁了，至此我才觉悟，任何工程要经得起各种考验，晴天不发现，雨天出洋相了。

　　有人也许要问，以你阁下的身份，何苦奢啬如此，叫部小汽车不好吗？是的，我总算持有一张出租汽车特约乘车证，可以享受一点"优先"的权利，但车子也还是叫不到的，不是说没有，因为还有"优先"的"优先"，相比之下，我又差了一截。我已到了退休的年龄，但是还在工作，就算老妻生病是私事，假使有时"因公出差"，能不能破格照顾一下呢？只怕也是未必。一纸在手，形同虚文，老实点，还是动用我的双脚，艰苦地表演一出"行路难"吧！

观事于微

世界上有许多看来是小事，但往往事到临头又变成大事了。我的信件是比较多的，有些来信，尤其是有些陌生的发信单位，信封上只印着某某机关或某某学校，而地址呢，没有。何省？何县？也没有。没奈何只好用放大镜细看邮戳了，看得出还好，看不出呢，对不起，我的复信也是欲寄无处寄了。就说那些宾馆吧，同名者很多，比如"湖滨饭店"，西湖有，太湖也有，如不写清在哪个地方，我的复信是寄到杭州，还是寄到无锡呢？

再看国外来信，信封上的地址写得清清楚楚，规规矩矩，既有一定格式，又有一定位置，还有邮政代号，称得上"科学"二字。我们现在口口声声在提倡现代化、科学化，要观事于微，见此一斑。

信封上不写明发信单位的地址，这件事不大不小，但给收信人带来的麻烦与不方便，却是你想象不到的，特别是非要我回信的单位，你连地址都不告诉我，我又怎么回答你？请理解一下别人的难处吧！

狮子吃垃圾

"狮子笑嘻嘻，开口吃垃圾。"这几年为了搞好卫生清洁，到处设了垃圾箱，确是好事，这狮子大开口的怪物也应运而生了。但这样一来，又变成精神上的不文明了，我屡屡想对此说几句话，但下笔踌躇，恐怕得罪人，欲说还休。不过对此有异议的人还不少，尤其国外的佛教徒和高僧对此反感尤大，似乎我也应该陈辞一番了。

狮子本是珍贵的动物，它的形象历来放在重要地位，从宫殿寺庙一直到府第，莫不如此。我们古代的艺术家门，在美学上有个本领，能将事物转化，凶猛的狮子可以雕成和蔼可亲的样子，丑态的蝙蝠，可以绘成"百福（蝠）图"。而龙的造型，变化更是丰富多彩了。但都没有降低它们的身份，同今天做垃圾箱来委屈它不

221

一样。尤其佛寺中的法堂，是讲经之处，其中必悬挂"狮子图"，象征说法犹如狮子吼，命意很清楚了。用狮子来做垃圾箱，从大门一直到办公楼、礼堂、食堂、花径、水榭等等，皆"笑脸"迎人，伸舌乞讨，我见了总有些默然难受。这也怪我不够"革新"吧！熊猫垃圾箱也上过市，这样纯洁可爱的世界著名珍贵动物，也吃起垃圾来，令人太不愉快了。我们造园讲"得体"，这样的美术设计，只能讲是考虑不周吧！

风景名胜区、园林，以及公共场所，应该设垃圾箱，但造型宜简，色彩宜洁，隐而不藏，显而不露。安放地点，只要让人能找到即可，不一定要抛头露面，这也要讲"因地制宜"的。

同济大学开办了全国城市建设干部班与风景园林建设干部班，我对前来学习的各地领导同志，也说了这些话，他们是同情我的，看来狮子得救之日，为期不远矣。

闲话"请客"

"请客",是交际中必不可少的一部分,所谓"礼尚往来"原是人之常情。可是近几年来"请客"已经成风了,简直有些惊人,我一听到人家要请客,便不寒而栗,硬着头皮去吃一顿,思绪屡屡难平。像我们这些人,是薪水阶级吧?无公费可用来摆阔、作交际,老着面皮吃别人的就是了。当然啰,公家请客去作陪,自然是口福天降。什么公司开幕,居然以"名流"身份入座,也可油水润口,还可以带点礼品回家,皆大欢喜。小青年结婚,倚老卖老,"丑画"一张,也可免费白吃。但是人还是人,再老的面皮亦有三分自疚之心。

我们出差到外地,到国外,人家请了我们,他们到上海,岂可不作东道主。有时人家请我是公费,我回敬人家是私费,这一下,可苦煞人了,一是我多少有些社会影响，二是也有几个外国朋友知道我这个人，不得已办一席，几乎花了近一个月的收入，有人说"吃人家的汗吃出，吃自己的眼泪水吃出"。真的"如鱼饮水，冷暖自知"了，鱼尚有冷暖，我这顿饭请下来真是有冷无暖啊！我并不是在叫穷，而是说老实话，用自己的钱请客确是有些肉痛，因为来之非易，所以有这样的牢骚。

然而试看以公费请客，往往客人二三位，陪客二三桌，听说有些单位是排好先后名次，使大家都有机会"乐胃"一次。而且越来越高级了，最高级的请客，是讨好"上司"、接待外宾。"大宴三六九，小宴天天有"，有些国外人说，中国是逐渐富强了，可是没有像请客的水平那样提高发展得快啊！香港请客之风特盛，国内也快赶上香港了。人家做生意，请客是私人掏腰包，而我们呢，公家付款，个人享乐，看来一样请客，人家是目的明确，将本求利，不是白给人家吃的，门槛相当精；而我们呢，有些部门，乱讨好人家，借此化公为私，乐在其中。我们这种怕进酒菜馆的人，并不是上帝没有给我吃福，其实是孔方兄在作怪，如今酒菜馆的价格，仿佛无人在检查，可以自由涨价，天天加码，我有些杞人忧天，这样吃下去，再大的家私也吃穷了。量入为出，勤俭办一切事业，是人的美德。我希望在"请客"这个问题上，大家多少要开始注意一下了。

"〇"字的妙用

不久前，我陪美国旧金山的代表团去扬州参观。我们一起步行到何园，园在徐凝门。当我们见到路牌写的"徐〇门"时，代表团中的华裔问我，这是什么意思？好在我是个"扬州通"，马上答复，它叫徐凝门，同行者恍然大悟。

后来听说有人写信到上海零陵路，信封上写的是"上海〇〇路"，聪明可敬的邮递员，竟将地名猜出，不误投送，想来是煞费苦心的了；我们同济大学党委书记王零同志，居然有人写做"王〇"；食堂菜单上有脚圈，有汤团，为了方便，写成"脚〇""汤〇"；北京圆明园的大名，亦曾出现过"〇明〇"的代号；最奇妙的莫如园林、圆圆、团圆、圆圈，一律代以"〇〇"，由读者各取所需而理解之，真尽一"〇"多用之能事矣！

我总觉得写字求简有时固有必要，但像这样如捉迷藏、猜谜语似的简单化，实在令人啼笑皆非。扬州有句俚语，把一事无成叫做"零了一个圈"，不啻为此作解。

　　这种近似"无字天书"式的写字法，表现了一种只图自己方便，不体谅人家困难的人生态度。他其实不知道，这样做的结果，无异自搬砖头自压脚，造成的麻烦，最终还是归给自己。我仅举写"〇"为例，别的就不多说了。

余卖柴

立春过了，人的感情也跟着起变化了。虽然春寒料峭，无异残冬，然而欣欣向荣，不正将在眼前展现么？人们是那么喜欢春天的来临，是因为她象征社会主义的繁荣，祖国的兴旺。

清晨碰到同事余卖柴同志，互相寒暄了几句，我开玩笑地说："老兄，你这个大名太落后，不符合现代化了，电气、煤气将代替你了。"他却很自然地回答我："我是余卖柴，我将修剪下来的余枝，晒干去作燃料，来节约能源，有什么不好呢?"这一下使我恍然大悟。这位出生于安徽歙县山区农村的同志，他的老辈为他取这个名字，含意多么深啊！老农能结合生态、经济来为子孙起名，是有内涵之美和教育意义的，体现了过去的农村是怎样生产、怎样生活的。

我在想，农民爱森林、爱绿化，如何使生态平衡与生活改善紧密地联在一起，两全其美；以视今天那种任意破坏森林、杀鸡取蛋的原始行为，以及到处乱挖老树桩连根拔去做盆景的自私行为，不禁黯然了。

长远与目前，国家与个人，建设与破坏，"好心肠"变成坏结果，等等，这一系列的思绪使我难以自解。做一个有益于人民的人，虽"卖柴"二字，其上还要加一个"余"字，多么发人深思！

我们做任何事都要有广阔的眼界，跳出个人与小集体目前利益的圈子，那我们国家正像春天，天天变样，不，她比春天更美丽动人呢！

编辑的甘苦

"为人裁作嫁衣裳"，这是我为编辑的甘苦所发的牢骚，人们常常不正确地对待编辑的劳动，认为他既不写文章，又不排字印刷，这种买空卖空的工作，只要认识几个字，便能应付得了的。可是，说来话长，"如鱼饮水，冷暖自知"。

编辑的工作，表面看来是稿子收到，审阅一下，用与不用，留稿或退稿，稿定后编排发稿，似乎很简单轻松地完成任务了。事实呢？单就审稿一关，已够麻烦了，单篇文章还可以，几十万字的一本书，从头到尾，一字一句地通读一遍，已头昏脑胀，然后看书的结构，内容的分量，文辞的水平，错别字标点符号等等，真是一点也不能漏过，最后提出用与不用意见。如果编委通过采用，进一步又要进行加工工作；如果发现有必要与作者商榷的，那要用通信或走访的方式取得联系。若稿件书写糊涂，繁简字互用，标点不清楚，文章欠通顺……再加图照的真实与清晰度，真是乱麻一把有待于编辑的爬梳，这种催人白发的工作，太值得人尊敬了，最后不过排上一个责任编辑完事。我曾说过，一本好书的出版，编辑至少要占十分之三的功劳，当然能占此功劳的，必然是品学兼优的编辑，当年的茅盾、叶圣陶、王伯祥等前辈，皆成了学者，而他们当编辑时也都是高度负责任的，他们在改稿时从不写一个草字，勾划得清清楚楚，这样便于排版改版工作。如今有许多编辑连字典也不肯查一下，将错就错，明眼人一看便知，这是水平低的编辑所造成，而韵文的平仄、韵脚，引文的出处，处处皆须编辑查校。负责的编辑，其工作量可说是无底的，同时在无底的工作中，也正是他本身学问提高的过程。至于封面应用何种题字，哪种图案，编辑有责任与权，对封面设计进行选择与决定。封面的好坏，也表现了编辑的水平。过去名出版社，必然有名编辑，有时编辑的学问远远在作者之上，而且目光敏锐，对书的优缺点及错误之处皆能纠正，作者对编辑真应该事之如师。我对业务水平高的编辑，是万分尊敬的，对那不负责的"南郭先生"，是十分不客气的，因为是害人害己，做了损害文化事业的事。如果编辑不认真地干工作，不钻研业务，那是绝对不会从本质上理解"甘苦"二字。苦是谈了，甘呢？编成一本好书，不论装帧、编排、封面等等都是高质量，读者一卷在手，亲切有味，他必然对编辑油然而敬，编辑本身自我陶醉外，得到读者的赞扬，加上一个名编辑的帽子，扬名遐迩，如果再来一个评语，说是编辑水平与功劳在作者之上，那太了不起了。反之人们说，书很好，编辑水平低，编坏了。影响了销路，那罪过是在编辑。过去开明书店的书，就是几位编辑有文字、编排、美术等等多方面的学识，使人一见书，便知道是开明书店的书，在出版界有其独特的开明风格，这是从总编辑起直到校对，有着一个共同的努力方向。这中间全靠文化修养提高，甘就水到渠成，自然而来了。甘与苦是对立的统一，有苦才有甘，无苦便得苦，因此编辑要辩证对待这个问题。

寒竹鸣禽

快岁阑了，时节已是深冬，天气还是那么晴朗没有雨雪，因此予人的感觉，并不如想象的那样可怕、寂寞、寒冷、阴暗，清晨在校园中走走，还是一种冬日的逸趣。初阳平射在草地上，黄得那样柔和，有些地方还残留着几分薄霜，颜色变化得雅洁，无一点尘杂气，"清况"二字，我真正体会到了。树是卸尽浓妆姿态更窈窕了，树下有几丛小竹，不时地可以听到吱吱的叫声，这是寒雀，声音脆美极了，我是爱养鸟的人，然而这无意中遇到的邂逅之交，并不陌生，反而很感亲切，它仿佛野草闲花惹人钟情，这种光景有时比去专访名园来得更超脱，人生美的享受，往往在无意中得之。

大城市中，每天在空调间的"贵人"以及乐意周旋在灯红酒绿中寻欢的人，不会认识到物质的刺激是要麻木人的，自然界的恩赐，那是他们所梦想不到的。我近来很讨厌"吹牛、拍马、拉关系"的一些"时髦人物"，他们的头脑很需要听听这寒竹幽禽的提醒，这数声鸟语，却比半天的"大报告"要深刻得多，没有一点世俗的趣味。然而人在各种不同的处境，态度也不同了，也许这时遇上了"野味店"的经理，听到它们在说"怪话"，目光就是一网打尽，营业兴旺了，而可在报上大肆宣传，什么冬令"进补"之类的动听美辞了。也许人家要责怪我，你想得太多吧，的确我是对"野味店"没有一点好感，再下去也许熊猫可以招待贵客要尝新了，可怕，可怕。

庄子说过："鹪鹩巢于深林，不过一枝；偃鼠过河，不过满腹。"林间的鸟语，听来有些得意之情，因为它们的要求不高，仅仅一枝与满腹而已，心地是纯洁的，我在这些"低贱"的朋友面前，有些惭愧，我还为张罗如何度春节，安排俗事呢？跳不出"圈圈"，古人的诗说得好，"一圈两圈圈不了，人人都道圈儿好；而今跳不出圈儿，反被圈儿圈到老。"这原是一首题墨梅画的诗，未能等闲视之。与今晨有缘听到的鸟语，一样使我清醒过来，啊！大千世界，原是这般这般。

一九八九年二月五日

昆曲·中国菜·绍兴酒

　　同济大学澳大利亚女留学生李可赞，是来华由我指导的学中国建筑与园林的研究生。去冬回国了，春节寄来一信说："我还想中国，关于这个问题有很多方面的，我失去与你谈话的机会，在这里没有什么好吃的中国菜，也看不到昆曲，喝不上绍兴黄酒，希望我还有机会回到中国去。"她怀着深厚的感情，作为一个外国人，还要回到中国去，这个"回"字蕴藏着一颗热爱中国之心！

　　一个外国姑娘，在中国住了两年，吸引她的中国的文化、建筑、园林，我们姑且不谈，但她念念不忘的，是昆曲、中国菜、绍兴酒。她在星期天几乎都上上海昆剧团去向华文漪、梁谷音学唱，一有演出就去看，拍剧照录音，她还买了许多昆曲书回去。而绍兴呢，带了我写的《绍兴石桥》又去了很多次。喝了绍兴酒还不够，还提着酒瓶得意地回上海，在食堂中与外国同学，叫上数味中国菜，放起了昆曲录音，品尝着绍兴黄酒，她说这是中国味，中国的文化表现。

纯美、含蓄、韵味，令人陶醉，能把人的思想情绪引向一个潇洒出尘的境界。他们说五千年的文化古国，在听觉、味觉、醉觉上有它与西方截然不同的地方。他们渐渐地欣赏兰花的美。李可赞说得好，兰花的叶子是笛韵，高洁幽香耐看的花朵是唱腔，太美了。她认为昆剧中加上了西洋乐器作伴奏，等于中国菜上加了西洋调味，绍兴酒中加上汽水，索然无味。他们能从中国文化的特征上去欣赏听与吃，将学习的专业与中国文化联系起来，这可算是学得深与透了。

我们不重视自己优秀的民族东西，将来还要出口转内销，静待"进口国产"吗？也许过不久，上海人要吃进口大饼油条了。但愿这不是杞人忧天和庸人自扰。不过我们一定要珍惜自己的传统。一个澳大利亚留学生产生了"回到中国去"的思绪，我被她的信触动了。

陋室新铭

唐代刘禹锡写过一篇《陋室铭》千古绝唱，他那两句"苔痕上阶绿，草色入帘青"的句子，我分别用以名我的三本散文集，《书带集》《春苔集》《帘青集》，书带是草名，因为长长的叶子，过去人为之取名叫书带草，从这意境中，可以想象到我的书斋也不会富丽与现代化到何等程度了。所以命名为"梓室"，匠人所居也，叶圣陶先生题了额。"君子固穷"，自命为读书人当然穷，这几天西瓜快一元多一斤，我身为"教授"已到见瓜生畏的地步，万一有幸，能啃上几块西瓜皮，说几句大话也满足了，如今没有西瓜皮也居然在陋室中说起"大话"来了。百无一用是书生，书生恋恋于书斋，写一天稿子，所得还不如校门口的卖茶叶蛋者，真是"前世不修今世苦，今世修修没功夫"。深悔不去经商发财，书箱没有决心抛掉它。还在搏一点蝇头小利，望眼欲穿来等几十元稿费，小青年说这数目是毛毛雨，连吸几支毒（香烟）也要算一算了。如今这书斋对我来说，有些怨了，然而怨而不怒，诗教也，批判孔老先生还不够彻底。

近来西瓜皮也快啃不到，"大话"也少说了，说了刺激人家，"爱生毛羽恶生疮"，谁都欢喜听奉承话，敲背按摩是最时髦的医术，它能讨人欢喜。我也曾经想过，我的书斋改为敲背按摩室，我也何至于如此，几只书箱，改为冰箱，卖卖冷饮，亦可小康，挂块斋额为"冰箱传家"比"书香传家"现实得多。

从前人说在书斋中，"我与我周旋"，是自得其乐之处，如今我也许神经不正常，有点感到是自得其苦之地，对书斋来说，似乎没有什么前途，人家说我们"光着屁股坐花轿"，屁股虽光，还有花轿可坐。而我的陋室说也可怜，门前养花花被偷，养鸟鸟被窃，如今唯一的知己，就是梁谷音送我的几卷昆曲录音带，它却是我苦中寻乐，唯一的安慰品了。昆曲词句美，节奏慢，有书卷气，谷音的唱腔正如闲云野鹤，来去无踪，信步园林，风范自存，我在书斋中可说知己了，我有时血压要高，想不到昆曲的音韵有时对降血压还起着微妙的作用。对不起，邻舍迪斯科的噪音，却往往促使我血压的上升，也许我厚中薄外，是个老化了的人，新事物接受太慢，但我总觉得我是中国人，应该热爱自己的传统文化。精神因素可以化为物质因素，我这陋室中，也变成为保健所了。

我仍然爱我的陋室，读书其间，作画其间，写作其间，听曲其间，歌哭其间，乐于斯，悲于斯，吾将终老于斯，作新陋室铭以记之。

新春拆书

　　春节中接到澳大利亚留学生李可赞的贺年片，那红色烫金画"一帆风顺"的中国贺年片，与正楷写的汉字信，处处表现了这位热爱中国的小姑娘的风致。当年离开中国这天上飞机前，来我家辞行，依依不舍，口口声声说还要再来。她在我们同济大学当研究生，除去面形与发色外，几乎与中国学生分不出，而在中国文化方面，恕我乱说，可能比一般中国同学为高。她是一位热爱中国，对中国已经有了深厚感情的人。

　　信上这样写着："……我还想中国，关于这个问题有很多方面的，我失去与你谈话的机会，在这里没有什么好吃的中国的菜，也看不到昆曲，喝不上绍兴黄酒。希望还有机会回到中国去。"她是研究中国古建筑园林而来，已深深体会到，仅仅单科独进，研究一门，而没有涉及其他文化范畴，那虽是掘井，但水源不广的。她从中国园林中，爱上了昆剧，她不但爱看演出，而且自己到上海昆剧团去学唱，买了《振飞曲谱》及其他有关昆剧书，将我家藏的昆剧录音全部录走，拍摄了许多剧照回去，包括她与华文漪、梁谷音等的合影。她听昆曲等于吃中国菜、喝绍兴黄酒一样，能使人慢慢地进入微醉、婉转柔和，教人进到一个恬静、淡雅的境界中，可以陶冶性情，尤其在繁忙的生活中，得到片刻的安慰，实为人间快事。她又说从中国菜、昆曲、黄酒中尝到了中国味，对专业的学习理解更深入了，从中国味中培养了她热爱中国的感情。

这也许是我神经过敏吧，外国留学生，来到中国久了，在他们身上倒能呼吸到一点中国味，而我们自己的同学，反散出了很多不正常的洋气，我总不理解，沉默，为什么这五千年的文化宝库不好好研究，而人家偏又万钟情呢？我有些自惭与内疚了。我们老一代还没有尽到责任。最近上海师范大学要我写一篇"我与老师"，春节期间我在含泪的微笑中写成了，我知恩感德我从老师手中接受到祖国文化。而今天从一个外国的留学生信中，见到她一颗热爱中国之心。我高兴极了。我对在身边的外孙说，寒假中教你的《古文观止》全背熟了吗？

他高声朗朗地念着"世有伯乐，然后有千里马……"我欢喜无量，老一辈不能蹉跎他们的岁月，多给孩子一点爱国主义的教育吧！

恭喜发才

　　春节同济大学团拜，校长江景波教授要我代表老师们说几句贺辞，我就向大家双手拳拳，作个揖，因为如用个个拥抱的那一套进口礼节，实在太繁琐，只好用"土"办法简化了。接着我又说恭喜发才。郑重申明，此才非那财，有些人表情上仿佛不解，怎么新岁里连财都不要了？这也不能怪人家，近年来社会上很多人钱迷心窍，利令智昏，开口就是讲实惠，这是可理解的。而我们高等学府呢？就是要发才，发现人才，培养人才。学校不造就人才，怎么叫学校呢？

　　我们的使命与责任，是着眼放在"才"字上，因此趁此新春相互恭喜之际，理应以发才为首要了，人才多了，有所发明，有所创造，财富自然而来，我们国家正缺少大批优秀的各方面人才，这担子绝大部是落在我们教育工作者身上，责无旁贷的。我如此一番谬论，居然博得哄堂大鼓掌，似乎有所领会与触动。我也感觉到分外高兴，深庆丁卯春节之非虚度了。

郑板桥有首题竹诗："新竹高于旧竹枝，全凭老干来扶持，明年更有新生者，十丈龙孙绕凤池。"寄意甚深，亦正写出了老一辈的性情，因此团拜中要我作画，我在竹旁将此诗写上，期望我们的学生能一代胜于一代，他们的成长是我们老一辈最大的愉快与安慰。团拜归来，心情屡屡难平，薄醉写成此文，希望我们对"发才"二字，在新的年度做出最出色的贡献与成绩。

闲话修路

老妻下世一周年了，心情非常难受。她死于胃癌，开过肚子，因为癌扩散了，虽然缝补好，但终于送了命。独自漫步街上，又是一番触景生情。我们新村大门口的马路，如今又在开刀，光滑的路面，也不知什么缘故，要动手术了，大约也是癌症吧。作为人民代表的我，也得打听打听，原来路旁建筑物加高，自来水供应不够，仿佛一个人要换血管，换血管就要开刀，现在已在动工。汽车道改为单行，路上满目疮痍，行者叹于道，其情真不忍睹，其路亦艰于行。这些现象，在上海是毫不足奇的。马路手术做得很是"细心"，缓慢得使海外侨胞"赞扬"。说是今年看到在修路，明年再次回国未收工，还在"继续革命"。我听了黯然无语。我孤闻少见，外国去跑过几趟，不免出了怨言。然而我们又

244

有多少"领导""专家"也去过，回来介绍人家好，谦虚地说我们要学习他们，可是却依然故我。马路年年开刀，而且只开大刀，要修补一点不平和积水呢，则不肯高抬贵手了。我没有小包车坐，只有凭我两条老腿，短距离安步当车而已，可是老眼未花，见到开肚子的马路，应该说是对市容美的一个致命伤吧。如今我也不发表大道理了，因为有些主管市政的部门，做起工作总结来，总是令人"满意"的，我也举过手，一致通过。但是我相信，美与丑，人们总会分辨的，也许有些人丑也当作美，这是哲学上的转化，我也无辞以对，但是人非草木，面对开破肚子的马路，总有所感吧！人生病要开刀，路有问题也要开刀，但总希望少开刀，开刀也希望手术快一点。如今美容师一天多于一天，美容所如雨后春笋，独独对市容美的主要组成之一路面，却照顾太少。修马路，汽车可绕道，行人呢？只好"拉练"了。小修行崎路，大修兜圈子，不修则已，一修惊人，其进展之速度，可谓长生有术，延年益寿，没有一处不是一动经年的。国外修路晚上抢修，我们修路白天还是"从容"为之，谈笑风生。当然外行人，只知道城市要美，而不懂得城市建设之复杂性，但是为什么人家能有规划、有步骤，能动外科手术，定期迅速完工，而我们却不能？要我谈市容美，与其纸上读兵，讳疾忌医，不如老老实实说出身受其苦的流行病，能够为民早日脱离苦海，亦如愿以偿。

马路开肚子这一痼疾，在上海越来越重，如果华佗再世，妙手回春，那么不仅市容变美，交通问题也会有所改善。苏东坡有两句诗："贫家净扫地，贫女巧梳头。"这对我们市容美来说，可能还有借鉴吧。

放大

　　天气已大有秋凉之意，西瓜市上也逐渐少了，看见人家在吃，一点也不肯浪费了，当咬到将近皮的地方，我忽然想到从前有句讽刺人的话，叫"啃西瓜皮说大话"，颇耐人玩味。话要用夸大来说就是"吹牛"了。但如今夸大的方法巧妙了，因为放大的技术进步了。造成了许多假象，而且作伪也更容易了。

　　近来在风景区也好，公共地方也好，出现了很多题字，有的大到寻丈，使人吃惊，这位书家确是有本领，但仔细一打听，原来是放大的，小字放大，等于小人放大，比例上终是失调，何况笔力气势全无，然而万古留芳，在此"放大"一举。人们的嗓子有高低，一般人没有大嗓子，应该借助于扩大机，但是演员们却依赖扩音机，来支持门面，这似乎太说不过去，这叫基本功不

247

硬，是要害煞人的。学术是不能有一点虚假的，但毕竟是读书人来得聪敏，我曾见到升等定衔的论文，用复印机放大，可将薄薄几张纸，厚度放大到几倍，精工装订，外加硬套，皇皇乎巨著矣，确实可以蒙蔽人们。此谓之学术放大也。至于"学而优则仕"，官衔大了，水涨船高，学术地位随着都来了，放大度数也加上去。从前画人像，要下过相当深的苦功，解剖学、透视学、素描等等，如今有了放大机，拿照片一放，万分正确，事半功倍。做广告的必然要放大，年轻时听到卖衣铺的售货员在叫"长似长来大又大，裤裆好比城门大"，这种广告性的宣传，在旧社会是适应的，今天卖"牛仔裤"，的却应用不上了，放大也有时代性的。阳澄湖清水蟹，广告摊上所需要的，蟹要画到桌面那样大，引人动目才好。

近来读了报刊上许多传记式的文章，作者确乎能放大，放大得似乎有类捏造，《解放日报》上《徐志摩与陆小曼》一文，简直用黄色笔调来歪曲诗人形象，作者在外面还放大地直说，是我看过的，赵家璧先生推荐的，真荒唐无耻到极点。我们不正面评价一位作家诗人的作品，将人家私生活放大来换稿费，缺德也，缺德。

我们到今日，"文化大革命"的流毒仍未肃清，放大者与无限上纲，看来区别不大。因此很多事物不实事求是，喜用惯用放大笔法，虚假片面，往往造成了一种时代不良倾向，各方面都存在着，恕我不能，亦不敢细书了。我害怕，恐怖，不信任，而且痛恨，放大之危害也。

新岁还添"万卷户"

　　迎春会上很多同志，见面时总相互频道恭喜发财，大家争取"万元户"，确是一派新气象，令人鼓舞，深信在牛年中，用出牛劲获得更大的丰收与成就。今天我在同济大学的迎新会上，我祝贺大家做"万卷户"，古人说得好"万卷诗书喜欲狂"，我们毕竟是教学科研的单位，都是文化人、读书人，我们奋斗的目标，是胸有万卷书，手著万卷书，家藏万卷书，能在这个"万"字上用功夫，深信对科学文化教育做出贡献之后，自然国家成为亿万户，自己也可以成为"万元户"，这样似乎是符合我们知识分子的努力方向，单纯的追求"孔方兄"，可能在风格上与知识分子不大谐和罢！

　　"君子务本，本立而道生"，"不义富且贵，于我如浮云，"义者，事之宜也，因此我又要提到造园中的

"得体"两个字了,"得体"不容易,在行动中就是做到恰如其分,当一个倾向掩盖一个倾向时,往往头脑发热了,容易出偏差,忘记了自己的所处地位。如今大家在叫嚷"万元户"的时候,我提出了"万卷户"的口号,仿佛书生气太重了,我宁愿大家骂我不识时务,但是忠言逆耳,或许还有几分可参考之处。

我诚恳地希望在新岁中能出很多的"万卷户",为文化科学艺术取得光荣的成就。

一九八五年二月

"哀悼"芙蓉鸟

最近我小斋中的那只芙蓉鸟突然暴卒，七孔流血，惨不忍睹。凄然移时，悄悄地将她埋葬了。这几年来先后"哀悼"过三只芙蓉鸟，第一只挂在窗前，被人偷掉，第二只被老鼠咬死，第三只是中毒死的。这种不愉快的遭遇耿耿心中，既惋惜又不安，不安的是因为我太对不起养芙蓉专家蔡老先生，这三只鸟都是他送我的，而结果仿佛嫁出的女儿不得善终，皆先后丧亡了，他老人家闻此噩耗亦当老怀何堪啊！

我因为三只鸟先后失去，想得很多。第一只是被人偷去的，我埋怨社会治安不好。第二只被老鼠咬死，我又痛恨公共卫生未上路。第三只却更牢骚与怒气冲顶了。她是保姆给她吃了未洗过的青菜，受农药中毒而亡。农村为了增产，大量施用农药，而后果呢？本来吃

252

虫的鸟被药毒死了，天然灭虫的鸟大批死亡，而菜虽然增产，菜上的虫是没有了，而农药的毒，比小虫更危险，小虫可洗去，而农药洗清更难，鸟小生命一毒就死，而我们人呢？虽然不死，而日积月累，慢性自杀的危险，不是存在着吗？社会主义的商品经营，必须讲究职业道德。尤其在今天，当全国人民正致力于建设国家时，死了一只鸟，本来是小事，然在小处却暴露了大问题，放下屠刀，立地成佛，不要做杀人不见血的刽子手。

商品经营——无论是个体经营还是国营——都须本着社会主义的人道主义精神。

一九八七年四月二十六日

敬告向俞老求书者

前几天友人要我画张斗方小幅，画毕信手题了这样一首诗："尺幅今朝论美金，丹青写意见痴心，一语先生须记取，画家能富教书贫。"

看来又发牢骚了，因为近来名画家的润笔有很多要收美金与港币了，而我们教书匠又怎样呢？这首歪诗，似乎还可以说是真话，也许切中时弊吧？不料过了两天，收到俞振飞老人寄来我为朋友代求的一张字，来信写得很风趣，信上说："最近一年来，要我写字的人越来越多，很多人连白纸也不送来，因此我每月用的墨汁、白纸、笔，算来钞票，数目并不太少。……因此希望你有兴写稿的时候，认为我这种写字，希望求书者，随意由邮局汇一二十元、二三十元，不算润笔，聊作纸墨费，否则使八十八岁的俞老，买一杯老酒喝喝，我看是应该的。当然，这个问题，如果写在你文章中，一定会写得很生动的。"我读后默然者久之，八十八岁的老人，连买一杯老酒也到如此处境。像俞老这样的艺术早受庭训，在父亲俞粟庐先生的亲自指导下，就是书法方面的根底与造诣也是很高深的，粟庐先生的法书，至今嵌在苏州拙政园中，凡是略知苏州园林掌故的人，没有一个不知道的。而今俞老高寿已超过当年的老父了，一位戏剧家，能有高度的文化，出余绪挥洒自怡，书卷之气，曲韵之气，加上其几十年的功力，法度自存，风神自盈，我爱他的书法，如见其人，如见其曲。

最近他要我为他书一斋额，我写了"衍芬轩"三字，他很满意，因为昆剧是兰花，他夫人名蔷华，看来还称得体，俞老很满意，请周家有上刻了。像这样有高度文化的学者、戏剧家，他的书法中蕴藏了很多学问，也许远胜流辈，可是他从不以书家自居，不肯卖字，如今环境迫使他说出了这样的话，我有些不忍了。当然爱好俞老书法的人，我是敬佩你们的，但也要考虑到八十八岁的老人了，古人说为老人解颐，是人们应该做好，至少也不应该使老人因此而不欢呢？俞老对我说出了这不愿说的话，我是深有感触，书生骨相，清风两袖，俞老以字易酒，比当年郑板桥"纸高六尺价三千"要风雅得多呢。这个小插曲,我相信应该是一段艺林佳话了。

一九八九年三月十四日

大饼

    小女儿对我说："爸爸你天天吃大饼"，神情与语气带有肉痛的成分。女儿的心情我是理解的，时代变了，例如我吃面包，或是蛋糕，这问题便不存在了。消费要高便"豪华"，土仿佛就卑贱了。教授吃大饼似乎有失体统，这也不能怪她，受着外界气候的影响。可是我这"大饼教授"，一辈子就爱吃它，年既老而不衰，在外国人面前，我还是宣传这爱国大饼的，东方文化啊！

    说来话长了，为了希望市场上，尤其同济大学门口能供应大饼油条，不知费了多少口舌，然而经营者脑子当中是一个"洋"与"贵"的思想，随便怎样不肯卖。我只好托大女儿从远地隔天带来，虽然几个没有油条的大饼，得来亦不容易，可是享受时，亲切之感，在香韵中陶醉了，也许是我的怪癖，"奶油蛋糕终无缘"吧！

在思想上这东西与我格格不入，乡土之气不足，要我改变现状，却又适应不了。俞振飞老人吃肉粽，另外要加糖，因为他生长在苏州，这苏州人的习惯，八十八岁也改不掉。民间社会上有很多东西，是充满着与家、乡、国分不开的微妙感情。

有时要我参加宴会，不想去又不得不去，但精神上抵触太痛苦了，一些豪华宾馆，不是普通中国人能随便进得去的，我也不想揩外国人与华侨的油，也不想沾公家的光，"书生固穷"，心安理得就是最大的清福。

人老了，常常回忆往事，中学时代住宿在校，七人一席，一人任桌长，四菜一汤，而舍监先生们一桌，却是榨菜肉丝汤，这一碗汤上分别了师生的等级。星期六加一碗肉，开开大荤，六年的中学生活就是这样过来的。家中有客来，妈妈买一只蹄髈，算是招待菜了，其他都是饭锅上蒸出来的菜，因为我们绍兴人，烧菜几乎都不起油锅的，如今呢？"变了变了样"，蹄髈早已退出酒席上的位置，手工艺品的萝卜雕刻品，代替了烹调艺术。味精是"灵丹"，很多名师成为"味精专家"。浮华不务实的社会风气，太可怕了。我呢？对着这个大饼，几十年来旧情未断，在它身上可以勾起我很多的将要被人抛却的历史、文化、风俗的回忆。大饼真是大饼，其中寓着大大的感情。我的小孙女，每天清晨向我讨一块大饼吃，太天真了，我希望我的后代在他们身上多几分"土气"，是有好处的，大了她是不会忘记自己的家国的。

一九八九年七月二十五日

称呼

    人与人之间都有一个称呼，这是人之常情。旧社会在旧礼教束缚之下，都有一套称呼，应该说是比较繁琐的，如果翻开过去的讣闻，以及婚事的请帖，那上面的亲属与亲戚关系够复杂的了。如果我们再有兴翻翻前人的尺牍，那信上收信人与发信人的称呼，一目了然，便知两人的关系。我们老一辈年轻时是经过严格学习的，不然在社会上要闹出笑话，会被人看轻为不是书香子弟。

    解放后，有许多不符时代的东西应该抛弃，但也有许多值得保存，还是应该沿用的。我们也不能苛求过多，只要做到有礼貌也就够了。但是经过十年"文化大革命"，与近几年来有些人盲目否定民族文化传统，似乎在对人的称呼上有些出轨了，我们听上去总是不够味，有些受不了，最刺耳的，是很多媳妇对公婆，开口闭口地老太婆老头子乱喊。一些人就是在公共场合，也不肯对年纪大的叫一声老公公、老太太，一视同仁的叫老太婆老头子。其实老太婆三字也嫌字太多，减少一个字叫老太不是很好？至于殡仪馆里的花圈，你去看一看，有很多称呼也是啼笑皆非，不像是出自"礼仪之邦"。从前婚丧之事，有"账房"先生，专门照顾这件事，他们懂得这一套礼节，而今呢？在殡仪馆可说"爷叔""阿姨"大路货，保证用上不会错。

在我们教育单位，应该说大不如小，越学越无知，小学生亲切地称老师，中学生是称先生，大学生则多数在老师背后直呼其名，连先生两字也懒得用，恶劣的还叫老师"外号"，这种事予欲无言。

时代是变了，但我们的头脑中还残留着许多旧的美德，我到今天对我健在的老师如名建筑家陈植，总不直呼其名的，用他的字称直生老师，同样对著名学者王蘧常，称瑗仲老师。当年毛主席称马叙伦为夷初先生，称章士钊为行严先生。老一辈的革命家，就是这样严谨地处世。

如今各级地方干部多了，正副级见面时搞不清，我只好一律称"首长"，皆大欢喜，也不会犯不恭之嫌。见到离休老同志，开口老首长，亦笑面颜开。大家说我应对有方。而我这套手法得之于何处呢？说来全不费功夫，我是从软席卧铺里的车务员那里学来的，他们在工作中开口首长，闭口首长，应付自如。我觉得这样叫在我许多场合中方便得多，年纪大了记忆力不好，这也好说是"老滑头"吧，其实比乱叫一气的"大兴货"应该说文明一点。

称呼看来是小事，其实不是小事是大事，外交部有专职负责管礼宾的，不正说明这问题吗？古人说观人于微，在人们习以为常的称呼上，小中见大，可以见到人的素质与修养。

一九八九年八月十六日

著书与赠书

今天阴雨扶病到同济大学出版社门市部，去买了几本自己著的《说园》《帘青集》等，因为春节期间接到许多外地读者要我的书，我也不代购了，干脆送给他们，做个风流人情。

老来牢骚不能太多了，领导与医生、小辈都是这样讲：你太天真了，许多事是说不好的。但寻常事物的接触，又屡屡使我"肝气"难平。一本书出版本来是新华书店全国发行的，而最后却弄得上海新华书店也没书，那么又何必硬要在书上写着新华书店发行呢？一个四川读者几乎跑遍了四川新华书店，最后没办法写信给我求援。老实说我的书，涉及面比较广，读者也多，不出书还好，出书了，许多赠书的麻烦也来了，而今花钱小事，最多稿费送光，但是复信挂号寄出，还要加上一些小心费，人是弄得筋疲力竭，加上这"马蹄霜滑"的春寒天气，怎么不恼人呢？

我颇有点自悔，为什么做知识分子，要去写作、设计呢？我羡慕卖茶叶蛋的人，坐在那里观看市容多闲适啊，他们未必比我收入差，至少不会生高血压、心脏病等，但是天下许多事不便多想，人家说我"光着屁股坐花轿"，我也是在自我欣赏、陶醉，这山望着那山高。自我受苦的人，活该。"君子固穷"古之名训，我是穷也穷得美。

这里想要对新华书店及大小分店呼吁一下，你们是文化的推广者，同我们当教授的一样，没有高下之分，为提高中华文化共同做出贡献，是光荣的，你们在推销图书中，自己努力，将来可以成为学者，不能小看自己，我今天遇到不痛快事，你们听了也不痛快，所以我写出来，寄语新华书店，你们一定能理解我们著书人的心吧。

爱书读书

苏东坡说："无肉令人瘦，无竹令人俗。"这种境界是高了，在今天也许很多绿化工作者也没有悟到，这也不能怪人家。原因还是少点书卷气，胸缺点墨吧？

胸要有点墨水，就是要有书读进去，我一天明白一天，我不是学者，读的书也不多，最多算个知识分子，加上高级两字，我有些愧色，但我爱书，爱读书，珍惜书，教了一辈子书，如此而已。

我每到一所学校，要参观图书馆，从图书馆中可以看出这学校的水平，到一家人家，我总斜视看有没有书架，书本家中有几本，我多少摸到一点这屋中的主人，是何等人也。至于壁上的书画高下，也是一个绝好旁证。

爱书、读书，书是最好的朋友，可以免俗，可以修身，可以增加知识，只要你肯读，它对你没有坏处只有好处。坏处不是说没有，如果读坏书，看黄色书、反动书，那后患无穷了，比毒蛇猛兽更厉害，可以损灭了你的一生。所以古人说："子孙虽愚，经书不可不读。"含意太深刻了，又说"积学以储宝"，就是说要读读书。读书要读好书，著书更要著好书，要有救世育人的良苦心愿。

不少外国人，读书之外，用书架及书籍来作为家庭的装饰，过去中国人也是如此，如今进入屋子里冰箱代替了书箱，书香传家，又转化为冰箱传家，我又无说焉。现代人只求房屋豪华，不求心灵之美，不要书，要时装，甚至于单位发的书报费，也另挪别用，我有些寒心了，国家政府没有要你不读书。

约我写读书、爱书，我以为无此必要，这两件事应该是普遍的，不能由我们这些知识分子来"专利"，"学向勤中得，诗书不负人"，是句老话了，终究知识就是社会进步的能量，我们提倡读书，读好书，读者不以我言为非耶？

一九九一年一月

266

美的秩序

我生活在同济大学新村中，入秋清晨蕉影当窗，黄昏小雨新凉，加上那几朵牵牛花，颜色是分外娇艳，简单的点缀，多少还够得上一个美的环境。然而向晚"能饮一杯无"的唐人诗境，却变成了蚊子肆虐的天下。如今时已三更，本来可梦游华胥，却只得挑灯夜写，我痛恨这些蚊虫真是破坏美的秩序罪魁祸首，但因此而引申出一篇小文，坏事又变成了好事。

"秩序"二字大家都知道。美也需要秩序，没有秩序就是混乱。没有节奏的音乐、艺术品、建筑以及园林等，人们是无法欣赏它的。而生活呢，更应该有美的秩序。

在校园中碰到一个嘉兴人，聊天中谈到了革命圣地南湖，我说这次乘火车经过，湖边的那座石环洞大桥被拆掉了，改建为平桥，上面跑大卡车，顿失当年革命旧址的原貌。我过去从圆拱中望见烟雨楼的美丽构图，再也不会重见了。两人唏嘘不已，因为公路桥既毁损了革命旧址的环境，又破坏了风景区美的秩序。

社会秩序可以用法律来维持，美的秩序则全靠文化的提高，美学教育的普及，这比人民警察的工作更难做了。我平时总想安静一些，然而左邻电视机的声音，右舍四喇叭的呐喊，家中孩子们又在内部分头进军，虽然在"银烛秋光冷画屏，轻罗小扇扑流萤"的仲秋时分，我连在桐荫下喝一杯清茶之福也难消受。我埋怨他们破坏我美的秩序。他们骂我顽固我不服，说你们认为这样做是"现代化"，但现代化也要秩序，你为什么不套上耳机，一定要以"丝竹之乱耳"来强加于人呢？我有些不理解。

一个人每当静思写文，或是舒纸作画，电铃一响，搁笔开门，来了一位素不相识的客人，或者专程来访的人，即只好"无可奈何花落去"，心中的一刹那的灵感，又远飞云霄了。马叙伦先生说得好："方得谈友而忽来生客，必叙寒暄，神意全非。"这种没趣事，打破了我美的秩序。近年来这种事几乎每天都有，真迫使我渴望有那么一天，在斗室中，任我周旋，容我遐思，享受一点静的情趣。佛家所说"静、定、慧"，儒家所谓"静而后定，定而后安”，都包含着很高深的哲理。

暑期上庐山工作了一段时间，住在山顶上，没有充分享受到"横看成岭侧成峰"的美景，因为古时游庐山都住在山麓，所以东坡先生有这诗句。不过我却看到了东坡先生早年也许看不到的破坏煞风景。有些青年男女爱跳入盆景中拍照（盆上刻的是"江山如此多娇"），既不美，又不道德，可是照相店乐此不疲，营业鼎盛，不少外宾很有兴趣地将照相者与被照相者一起摄入镜头，带回国去，亦算是庐山一景了。对此，我想起了屈原写的"纷吾既有此内美兮"，他提出了内美。最近党的十二大再次着重地提出了要建设社会主义精神文明，我的理解，其中很重要的一项，就是要大家注意内美。曾记得齐白石画过一只雄鸡，题的是"羽毛自丰满，被人唤作鸡"。没有内美，即使你象雄鸡那样的外表，鸡还是鸡。人之所以异于禽兽者就是要有高尚的道德——内美。

刊于 1982 年 11 月 1 日《新民晚报》第 5 版

谈来娓娓　听之忘倦

《红楼梦》是一部小说，人们以为小说是最浅近易读的书，又什么了不起？还要来读参考书作辅导。其实像我这样也算是个所谓高级知识分子，但我不敢讲我能全部读懂《红楼梦》。小说中往往牵涉到当时的风俗人情，随着历史的变迁，如今很多都瞠目无所对了。

我生在新旧交替的社会中，我的父辈皆经过前清末期，因此儿时还曾接触到一些古旧的风俗习惯，如今老去，也渐淡忘了。不过还可以回忆得起来，但未能如吾友云乡兄那么有系统，有根据。他是老北京，而且又如宗懔之爱岁时，元老之梦华胥，一意留心京华故事，风俗旧闻，详征博引，溯本求源。他的新著《红楼风俗谭》，叙岁时，记年事，说礼仪，谈服饰，讲骨董，言官制，道园林，论工艺；兼及顽童深读，学究讲章，

"太上感应"，"八股"陈腔，道士弄鬼，红袖熏香，茄鲞鹿肉，荷包槟榔，至琐至细，无不包藏。而他都能说得头头是道，洋洋大观，谈来娓娓，听之忘倦，真不愧为名家了。

我近来懒得上北京，人家问我"什么理由？"我说"没有北京味了！"再下去历史名城要变成洋化名城了。崇楼大厦所在地，基地都是凭吊旧时名胜的遗址；有些更是渺无踪迹了。自然也包括旧时服饰、风俗、习惯等等，差不多已扫光了。文物商店接待的是外国人（自然伊拉接待阿拉也买不起）；想逛逛冷摊，像鲁迅先生当年那样，觅两样断烂朝报，也早已是不可能的了。真是不知有汉，无论魏晋！目前有很多人读鲁迅先生小说《阿 Q 正传》，我们绍兴的小同乡，亦不解当时的风土人情了。那么读《红楼梦》呢？仿佛痴人说梦，梦亦无凭！如果《红楼梦》再传数百年，那真要如汉儒释经，转多穿凿了。云乡兄有心人也，且亦具备条件，能为此书作"风俗谭"，实曹氏功臣矣。此仅一端而已，另尚有可说者：云乡能以《红楼梦》作对象，详记清季康雍、乾嘉之际风俗，正史所未及者，云乡有之，言其为史笔亦可也。

如今研究《红楼梦》的专家学者太多了，有些洋洋大著，我只有望洋兴叹，因为我尚未读懂原书，怎能明

271

白评述呢？此书却能老老实实为读者做大量诠释工作。更可贵者，类书中查不到的，这里有大量的活材料，不能不使我拜倒。

记得"文革"十年动乱期间，有许多人批判古人古书，说也可怜，连句逗、解释都不知，断章割裂，加上几顶政治帽子，抄上两句政治口号，想一棍子打倒。蚍蜉撼大树，可笑不自量！现从这本《红楼风俗谭》中可以看到如何脚踏实地地治学，表现出一位学者不事浮夸，真正的治学态度。这样做是有惠于学子的，我们应该提倡。能如是，固有文化才能发扬光大传下去。否则五车之富，汗牛之数，亦等于无。盲人骑瞎马，云乡是书，不啻为有些读《红楼梦》者扫盲；那么，我是这些人中第一个开眼读《红楼梦》的人了。愿以管见所及，为爱读《红楼梦》而又对其历史具体事物感兴趣的读者介绍之。

湘帘低垂，静中生趣，搁笔悠然，未知云乡兄以为然否？

刊于 1987 年 10 月 18 日《文汇报》第 3 版

272

传道

论北方园林

　　这次到辽宁来，对我来讲，受到一次很大的教育，学习到很多的东西，很感激此地各方面的招待。我今天向诸位汇报一下在辽宁的学习心得，谈不上做什么报告。

　　我到辽宁来的时间不多，不能下车伊始，就哇啦哇啦的，要虚心一些的好。

　　我将这十几天来在辽宁得到的印象，和大家谈谈。到了辽宁，我已出关了，一个江南人出关了。我记得有两句诗"骏马秋风蓟北，杏花春雨江南"，上联描写的是北方的情况，下联是我们江南情况，对不对？这几天这里正是"秋风蓟北"。

　　我们搞园林的就是要造成一个很好的诗情画意的境界，所以搞园林最重要的是"立意"，像做文章一样。

你是做论文，还是做小品文，还是做诗？这是个根本问题。东北的园林与江南的园林有什么差别呢？我们知道，园林有地域性的差别。在中国园林中，北京的皇家园林有颐和园、圆明园。刚在北京开会，讨论恢复圆明园的问题。圆明园的特征是什么？后来我总结成几句话，把圆明园的特征勾画了出来：圆明园素称"万园之园"，是世界上最好的花园。圆明园是仿江南的北方园林，它的特征是"烟水迷离，殿阁掩映；因水成景，借景西山"的北国江南。这几句话是圆明园的基本观点，也就是圆明园设计的立意。最关键是"因水成景，借景西山"。

中国园林最大的派别是江南园林和北京的皇家园林，以后又产生了扬州园林。扬州园林处于二者之间，广东有所谓岭南园林。扬州园林也好，北京园林也好，岭南园林也好，都是根据当地的气候条件而产生的。北京的皇家园林，颐和园也好，圆明园也好，建筑物多数红柱黄瓦，树木以松柏为主，它的色彩比较浓艳。扬州园林也有模仿北方的，也有模仿江南的。到了苏州园林，那它全是"小桥流水"了。广州今日的岭南园林如羊城宾馆、白云宾馆，这种园林，不是真正的广东园林，我说句话，这种广州园林是"出口转内销"的园林。最老的广州园林是这样的，四面环楼，中间水池，树木很高，里面全摆兰花，广州气候热，到了这种园子来，周围很高，日照也照不到，夏天很风凉。若将广州园林搬到沈阳来，那一年四季晒不到太阳，要这种园林干什么用呢？所以说园林应根据地方不同气候不同而特征亦不同。园林有它的个性，有它的地方特征。这一点，我们千万千万要把住。所以我讲"骏马秋风蓟北，杏花春雨江南"，我们沈阳没有"杏花春雨"，沈阳有"骏马秋风"，所以地方不同，产生的园林风格也就不同。解放后互相交流是有好处的，但又带来我抄你，你抄我，不应搞的搞来了，跟吃菜一样。哪一个城市的人民饭店的菜，都是一样，没有地方特色，哪个宾馆不是两张床，两张沙发，一口橱，一模一样，这就叫做交流经验。我不是反对交流经验，而反对照抄。

关外园林应有关外园林的特征。我到了关外，到了大连，又从大连到沈阳。沈阳园林了不起，我很佩服。我觉得江南园林对我们江南人来讲，不能再骄傲了。老子的江南园林不能甲天下了，要被你们"努尔哈赤"统一全国了。这就是说，辽宁的园子有特征，其好处在哪里？好处在令人胸襟开阔，有时代的气息，了不起！使人感到新中国的味道，有生命，辽宁的园子真有生命。我们江南园子已经差不多了，再不搞些路子的话，就死路一条。辽宁的园子在立意上下了功夫，你们路子基本上是正确的。为什么呢？因为东北是工业城市，到园林休息的人数很多，而且城市污染相当重，所以大片绿化，大片园林都是很正确的。我来以前，以为沈阳的污染很厉害，但到沈阳的几个大园子一看，并不觉其有污染之感，这就是园林起了很大的作用。你们在立意上不局限于少数人的游憩，已能面向绝大部分的劳动人民，方向是正确的。

在立意以后，要牵涉到一个问题，即牵涉到"观"的问题。"观"就是游，看。我认为园林主要方向定了后，这个园子是以"动观"为主，还是以"静观"为主，要定下来。我们知道，动与静是相对的，游园子也是动与静相对的。有动必有静，有静必有动，若只有动观，没有静观，园子不成功；只有静观，没有动观，也未必成功。动观与静观是相辅相成，而不过是以哪个为主的问题。园子到底以哪一个为主？我个人分析，大园子要以动观为主，静观为辅；小园子以静观为主，动观为辅。为什么呢？小园子不搞静观，走上五分钟、十分钟就逛完了。大园子不搞动观，逛了三天三夜还没逛完。所以搞园林包含最大的辩证法，不懂得辩证法是搞不出什么好园子来的。动静是辩证法，高低也是辩证法，远近也是辩证法。所以我觉得在大连也好，在沈阳也好，东北园子一下子三十、五十公顷，个儿大，江南园林小的只有三亩地、两亩地，很小很小。这么大的园林有成功之处，你们在这两个上面打主张是对的：一个水，一个林。中国园林这两个问题是要抓住的。我最近到沈阳故宫，你们看，没有植物，干巴巴的，一点水也没有。到了清代，一进关后在北京建筑了中南海、北海、什刹海、后海、颐和园等，都搞了大水面。我在北京圆明园会议上说："园林没有水面，跟人没有眼睛一样。"人的眼叫秋波，若人的眼睛不是秋波，就成白内障了。所以说水在园林等于人的眼睛，树木好像人的头发、眉毛。你讲头发有什么用？每月还要花钱去理。但如你将头发去掉、眉毛去掉，这个头就变成冬瓜了。所以说水是园子的灵魂，大面积园子没有水，这园子就没有灵魂。你看江南的苏州城、绍兴城，城市内填了河道，河道被填死了，污水没有地方去了，雨水没有地方去了，一个城市没有水应该叫心肌梗塞。东北城市气候较干，有大面积的水，可以调节气候、养鱼、养荷花，又可划船滑冰，有收入、管理少。草地，我赞成有草地，但不宜太多，草地的保养不得了，皇帝搞这么许多水，不搞草地有他的意义。水除上面说的好处外，还能将建筑映在水面，因水成景，非常好看。有虚有实，实虚互见，园林有大面积的水，园子就活了。你们东北的树林有好处，东北树长得大，长得高，底下有空间，就有了层次。所以园林的变化就多了。从前戏台上有一副对联"三五步走遍天下，六七人雄会万师"。就是以少胜多。你们东北搞园林也要懂得这个道理。我今天到东陵，昨天去了北陵，看到东、北两陵树木并不多，但看起来很多，你们的园林在植物上是成功的，也是"六七人雄会万师"。但对本地树种要进行培养，要土生土长，不要进口货，也不要外地来的，进口货外地来的花了很多力量，树木养不大。江青到上海植物园，问为什么不到海南岛去搞些热带植物？上海植物园搞了很多热带植物回来，花了很大力气，冬天烧暖气花了很多的钱，但没有保养好。所以树木尤其是行道树，一定要利用土生土长的。大连的洋槐很好，"十里槐香过大连"，大连的槐树，有了它的特色。我很担心沈阳，到底用什么样的行道树好？看看白杨，已是这个样子，都差不多快退休了。再看看柳树，精神萎靡，只有水边的柳树还好。再看看法桐，这些外国树在沈阳，水土不服，听说洋槐在沈阳也并不好，到底用什么行道树，恐怕还要考虑。为什么呢？行道树三年五年成不了荫。越种得迟越返工损失越大。我总觉得一个城市的行道树，一个城市的园林，一定要使游人被它们吸引住，拿他拍的照片一看，就知道是什么城市，这就成功了。如果这个城市的行道树及树木和别的城市的一样，那末何必到辽宁来看呢？

280

所以一个城市应有一个城市的特色，应土生土长，显得地方感。你们都是地方干部，很好，但假如叫我到沈阳来工作，连讲话都讲不清。所以从沈阳园林来看，一个水，一个树，这两个关键要抓住。

还有，在水与树的中间，有个技巧问题，我们知道搞花园有三个关系：一个是大与小的关系，一个是封闭与开放的关系，一个是曲与直的关系。你们此地有大量的树与大面积的水，其好处是开敞，缺点是太空旷了。所以说"园必隔，水必曲"，园越隔越大，水越曲越有变化。这里边是什么关系呢？我们知道，大园子不觉其大，小园子不觉其小，这是辩证关系。这跟吃菜一样，荤菜吃下去不觉其油腻，素菜吃下去不觉其清淡；荤菜有素菜的味道，素菜有荤菜的味道，这个菜就高级了。所以从前有句话："南人北相，北人南相"，就了不起，这也是辩证的。园子大，走到大门口一望，啊呀，这个园子多大呀，我老头子怕走不动，不进去了。又如小园，游人一看，太小，就不想去玩了，这就不成功。苏州网师园很小，可是它能静观，可以在里面玩很长的时间。北京颐和园这样大的园子，还经得起游，是因为隔了。一个廊子隔一隔，一个建筑物隔一隔，就有变化了。所以园要隔，水要曲。如果水不曲的话，就是河了；园子不隔的话，那变作人民广场了。所以这里面有辩证关系。所以隔与曲的问题，还是要巧妙应用的。我这次到南湖公园，南湖公园内小园子很好，我对它印象很深，为什么呢？它是大园子里有这么一个分隔的小园子，游人就坐得住了。如果园的交通路线，全部可以跑汽车，那就叫做"园林公路化"了。我这次到杭州，杭州有个很好的灵隐寺，文化局与建委的同志陪我去的。我进去一看，全是商店，壑雷亭的水也没有了。我很伤感，自言自语地做了一首打油诗："不闻潺潺声，但见人轧人，建筑皆洋化，灵隐已摩登。"第二天报纸上登出来了，因为文化局对园林局有意见，借用这首诗来刺园林局，弄得我很为难。我们风景区不能公路化，我们的园林不能公路化。沈阳的园林这么大，除主干道外，还应有小径、支道。主干道可以走车辆，支干道一定要徒步走，这样人流可以分散、集中。纽约中央公园，里面可以开汽车，但有主次之分。几十公顷的大园子，汽车进不了，我也不敢去玩了。要允许有小干道外，还要有蹬道。人到山上去是登山，一步一步登上去，四只脚是爬山，两只脚的是登山。登山要有踏步，斜坡道人不喜欢登。人上山一定要有踏步。在踏步上可以回头看，斜坡道走起来上海人叫"性命交关"，不能回首。所以道路有几种几样的分工，还要有的放矢。在特大园内可以坐汽车，可以骑自行车，可以划船、骑小毛驴……也可以走。沈阳故宫门口放了一个破的摩托车，叫人家去拍照，我不照，中国人连摩托车都没坐过，还拍照片？如北京故宫门口放辆旧汽车，叫人拍照，我提了意见，这丢中国人的面子。如果沈阳故宫门口摆一顶轿子或一匹马，且备清朝服装，外国人走上去，骑一骑五个美金，这才叫得体。我们造园子最主要的是得体，像我老头子烫头发穿喇叭裤，得不得体？不得体。大园有大园的体，小园有小园的体，所以造园不得体的话。钱是浪费的。什么叫得体？举个例子，五十年代我们受了苏联的影响，最好公园内什么都有，动物园也有，溜冰场也有，游泳池也有，露天剧场也有，儿童公园也有，请问哪有公园能做到这么包罗万象的？

如在东陵公园，你去造个露天剧场，哪一个人到东陵去看露天剧场？市区内有动物园，臭气很重，逃出一个东北虎不得了，要公安局派人了，所以这种办法不得体。儿童公园要放在住宅旁边，哪有什么很远很远的公园内放个儿童公园？妈妈高高兴兴地带子女到南湖公园内的儿童园内去坐十分钟、五分钟，妈妈又坐汽车去玩大人公园，儿童玩儿童公园，妈妈玩大人公园，老头子玩老头子公园，三代三个公园，似乎大可研究。到底是郊区园子，还是城市园子，还是水边的园子，我们都要搞清楚，所以我们园林分类里有什么郊园、市园、山麓园、平地园。根据地点的不同，要因势利导。东陵山坡下面要布置花园就叫山麓园，地形有高有低的。如用推土机将土全部推平，当平地园那样搞，那就犯错误了。西安的杨贵妃骊山脚下，当平地来造园，那就错了。搞这么大的东北园子，就得因势利导，这样既可省土方，又可省人力。唐宋在河南的园子，它是根据土的高低搞园子的，如不根据地形，用推土机推平，全部搞平是不行的，如女同志还是头发烫烫好看？还是剃掉好看？我看还是烫烫好看。但必有男女长幼之分。园子不因势利导，不因地制宜就要犯原则性错误。所以重要的是得体。得体有不同的解释，我可以这样解释："为什么城中间不可以搞一动物园，大家看看多方便？"另一个人说："它有臊味，它要叫的，有噪音，如逃出一个就不得了。"故动物园在国外不放在市中心，这样才对了。多种园子有多种的设计，市中心的、郊区的、山地的、平地的，都有一套设计方法。当然这方法不是抄袭，还是要抓住地方的特性。什么叫地方特性？那就是你对当地的地形观察，对当地的树木品种多观察，对当地的风土人情多观察，就可以搞出一个好园子来。为什么中国的园子有诗情画意，为什么外国的园子不显著呢？因为我们中国的园林有生活，中国园林除树木配置、山水外，还有建筑物。有建筑物就有生活，有生活就有情

284

感，所以有句话"私订终身后花园，落难公子中状元"，为什么要私订终身"后花园"，不私订终身大森林呢？因为花园内有建筑物，所以中国园林必定要配建筑物，中国园林没有建筑物就原始化了。建筑物就起到隔景、引景、点景和对景的作用，隔了就有空间，就引出了景致。什么叫引景？杭州西湖有个雷峰塔，塌了以后，景致没有了，南山就没有人去玩了。

辽宁的园子面积大，面积大就得建筑物来点景。一点以后，人家跑过去了，山上没有东西，如山顶上有一个小亭子，小青年非上去不可。大面积园子造很多建筑物是不可能的，我们之所以点景，点景把人物引进去，使人流可以分散。不但要点景，而且还要题名，大连这样城市风景很美丽，北国胜江南，但上面建筑都没有，故要点景，不但要点景，而且最关键的是要题名。西湖的十景，哪有十景？单双峰插云，北高峰造了电视台，雷峰塔也没有了，可是还叫西湖十景，所以园林的命名是很重要的。

我对"公园"这个名称是有看法的，有公必有私，今天公园都是我们大家的，何必再叫公园呢？过去旧社会张学良的西郊花园，就是私人花园。公园名称如果不好，什么上海公园、杭州公园，一个样。苏州有个城东公园，没人去玩，后来叫东园，有人去玩了。开封的汴京公园，我去了，我说叫"汴园"，汴园以为是宋朝留下来的，改了，招人了，这就是说要有点文化。南湖公园，南湖大？还是公园大？叫南湖好了，公园里的南湖有多大？你看，南京中山陵没有叫中山陵公园，还叫中山陵陵园。北陵要叫北陵陵园、东陵叫东陵陵园。北陵如叫北陵公园，努尔哈赤还要坐汽车了？所以园林的命名，关系相当大，《红楼梦》中大观园造好后，还要题名的。不题名，哪里晓得有"潇湘馆""怡红院"？而只能说那个房子、这个房子……故名称能吸引人。

所以说，东北地区这么多的园子，如沈阳就有十几个园子。我希望每个园子应有一个园子的特色，不能吃大锅饭，而且一市的园子有一个园子的特色。所以我讲，园以景胜，景因园异。我讲句笑话，我到沈阳来吃小馆子，馆子写"沈阳风味"，我就想尝一尝，如果叫人民饭店，到处有人民饭店，我就不吃了。

园林不在于大小，要有自己的风格。这个问题值得探讨，要摸索出这地区的园林特征是什么东西，如北陵、东陵给我最大最难忘的特征是松树。松树好比北方的涮羊肉，有地方风味，东、北陵缺少的松树要补种。如掌握不住这一地方的建筑物、植物以及用水的特性，就不会有特征出来。我再举一个例子，我们知道水与山的关系，即"水随山转，山因水活"，"溪水因山成曲

286

折，山蹊（路）随地作低平"这几句话。园林水与山处理得好与不好，根据这两个原则来衡量，不符合这个原则必然会顶牛的。再看你们北方的水，与江南的水不同，北方的水，水面阔，一会儿有水，一会儿没有水。北方的桥与南方的桥也不同，北方的桥下不走船，南方的桥下要走船，故造桥时，北方的桥与南方的应该不同。园林的桥也好，路也好，都是根据自然出来的。鲁迅先生有句话："路是人走出来的。"规划园林，路必定是曲折的，而不是用三角板丁字尺画出来的。水也是根据自然，路也是根据自然的。老式的小桥，一面有栏杆，因为这是模仿农村的，农村两面栏杆的小桥，牛不敢过，打死它也不过去。另外，小桥上挑上担子，两面栏杆怎么过呢？如果现在有这么一个小桥，两面有栏杆，这好像是个"弄堂"。就不合理了。你不根据自然条件来布置园林是得不出好的结果的。不能违反自然规律的。水面宽造五曲，水面窄的造三曲。

中国园林的许多手法，不是凭空出来的，而是从农村自然风景中吸收过来的，所以说是因势利导，尤其是你们这种大面积的园林，要有分有散，有聚有合，所谓分散聚合，就是要有节奏，这是辩证关系。用两句话说："奴役风月，左右游人"。搞园林设计搞到这个水平就行了。所谓"奴役风月"，我有松，风就来，有水面，月亮就来了，要有游人走就走，停就停，青年公园的喷水池，就能左右游人了，如设计者不能控制人，设计就失败了。叫它吃干不吃稀，叫它朝东不朝西，叫它立正不稍息，这样，本事就大了。一个成功的园子，必定有重要的几个观赏点，譬如北海的白塔，颐和园的佛香阁，就是风景点。至于长廊，就是走的，长廊是"廊引人随"，所以它是个动观。游客要坐下来，就是静观，整天走是不可能的，一定要有动有静，动静要安排得当。我那次到马鞍山，那里的许多亭子样子怪得很，他们要拆掉，我说拆掉要浪费几万块钱，我给你们起个名字要"暂亭"。意思是我亭子造得蹩脚，你暂时停停，不好你就走嘛？这样谦虚一下，人家就会原谅你的。常州有个人搞了一个花园，叫"近园"，我说这个花园还没有造好，差不多近乎个园子，但还没成个园子，人家进去一看说："蛮好。"表示园主很谦虚。说你们北方园林哪及我们江南的园林？但我看了，非常钦佩。我们讲江南园林甲天下，苏州园林甲江南，好个老三老四的，不行。我所说，园子里分隔的关系，是园子有分合的关系。为什么中国的园子，大园里面包小园，大湖里面包小湖，就是这个道理。空旷的大园子没有几个小园子是不行的。我说个笑话，我们吃的包子，有小笼包子，小笼包子吃下去很舒服，如果把十个小笼包子变成一个大的包子，吃下去就不舒服了。这就是说，大园子里没有几个小园子，就没有趣味。大型园子里的建筑物不能放大，不能搞大建筑物，不能摆大茶室，这是历史的经验。建筑物有定尺度感，比方一个亭子，只有几个人可坐，如果把亭子放大得像天坛那么大，那就不成其为亭子，就好像个笼子，对不对？老鼠应该画得这么大，若画得像牛那么大，就不像老鼠了，所以北京北海公园，亭子就是亭子，没有造大亭子，亭子与亭子用廊来连。如今造大茶室，全部都失败了。常州、苏州、马鞍山等处造了大茶室，终于不成功。园林大茶室，像剧场一样，尺度是不配的。园林建筑物，宜散不宜聚，散是用廊子连起来的，不是把亭子无限放大，北陵若造一茶室，有隆恩殿那么大，甚至还大些，就显得隆恩殿很小。还有什么意思？我随便讲一下，故宫四周，照文物法令，应有一相当大的绿化地带。日本也好，美国也好，从飞机上望下去，就知道是文物区。否则，四周造高层，故宫就要变土地庙了。又譬如，东、北陵四周建筑物超过北陵的话，陵就要退出人类历史舞台了。所以中国园林里，廊和路是联系建筑物的，墙是分隔建筑物的，使成一组一组，有分有合。如在园子里造庞然大物，必定失败。我们知道，建筑物的开始，由于人是巢居或穴居，因而分两个系统，一是南方系统，是棚；一是北方系统，是窝。南方是四面开敞的，所以园林的建筑物是南方系统，开敞的。如果园林里来个大建筑物，全部都封闭的话，是不成功的，不"透"了。今后，园林建筑物，宜小不宜大，宜低不宜高，宜有变化不宜直。建筑物看顶，假山看脚，这是个规律。所以中国园林建筑物的顶都有变化，有尖顶，有歇山顶……很多样的顶。因为我们看亭是仰面看的，看假山是往下看的，哪有爬上去看的？从现在来看，园林的建筑物，平顶总是失败的。若造平顶的话，外面用墙头包围起来，否则就像个笼子。我们出去，头上要戴个好帽子，来"加冠"。所以建筑物下面栏杆做得再好，上面顶子不好是失败的。因此，建筑物的顶要注意。

你们这里的假山，面积大，体形高，据我看，要平岗小坡，是土包，上面放几块石头，好像山头被水冲过一样，因此叫"点石"。它有个处理的问题，山有脉，水有源，如山无脉，水无源，那这园子的山、水全部是孤立的，好像个拼盘。你们这么大的园，山水二者应互相联系，而不是孤立的。以前人迷信看风水，就是研究山水的关系。看园子就要看风水，说个笑话，东陵风水就好，所以皇帝统治了三百多年。有人讲，蒋介石给孙中山选坟，风水并不好，如好，孙科上了台，那你蒋介石还有什么地位呢？张作霖的风水不会好，葬都没葬下去就完蛋了。园林的山水关系搞好了，园林一定就高级了。所以园林有个选址问题，能因地制宜，园林一定会成功的。园子点选好后，低洼地以水为主，有高低坡就布置山，这些要很好考虑。近年来有个风气，又好又坏，互相学习是好的，但不等于互相抄袭，近来广州风刮得很凶，从华南刮到东北。广州园林，这十年来有它的成就，应承认他，但广州园林是广州园林，东北园林是东北园林，广州人一年到头光脚，东北人光脚是不行，广州有他的树木品种，有他的石头，及他的气候条件，与东北的完全不同。你们看，为什么北京的园子，有红的柱子，有黄的琉璃瓦，有常绿的松柏，与蓝色的天相映，很漂亮，很舒服。江南园林这样搞，到夏天吃不消。东北的园子，有松柏，冬天还有绿，如全部用落叶树，到冬天什么也没有，江南园林用绿叶树，可以看出四季来。常绿树冬天还是有色彩，所以现在此地的园子用松柏为主，洋槐落叶，银杏变色，都是对的，我们要尽量表示此地的特征。另外，建筑物用点红柱子，用点琉璃瓦，还是对的，若没有，冬天看起来很不舒服。我们知道，色度这个问题，南方树叶颜色淡，那里的建筑物色彩不能浓，要白墙灰瓦。北方的树色浓绿，建筑物色彩淡了，与蓝天，绿叶色度调和不了。所以北方园林，色彩浓一些，是允许的，这能表示出北方的性格来。那年开封汴京公园，搞了个房子，模仿广州大玻璃窗配白色瓷砖，到十月份，没人敢进去，冻死了。这叫做人打赤膊，就是说，有许多北方模仿广东房子的大玻璃窗，白的马赛克，一到冬，等于赤膊房子。这也有辩证关系，夏天搞点南方样子、风凉一些也有好处，但总的趋向还是要有北方应有的趋向。东北的园子还有个问题，就是游的季节短，能否稍为拉长一些？解决的办法，我考虑常绿树酌量多配一些，使冬天还有色彩。另外，一个园子里游人最喜欢拍照的地方是在建筑物旁边，建筑物冬天不会落叶，建筑物还是建筑物。冬天东、北两陵松树落上雪，加上建筑物，拍出的照片别有风味。冬天在里面玩也是好玩的，我不是主张东北的园子，全部造成颐和园一样，全是建筑物，要重点突出，集中使用。东北的花卉应该浓艳，要万紫千红，一定把东北的特色显出来，让外地人看，就知道是东北园子。吸收外地经验要慎重一些。我们不一定学广州的。一个广州，一个东北，路线实在差得太远了，他们在广东可以作出成绩，到北方未必能作出成绩。如果要学习，一方面摸索自己的园子，一方面学习比较接近当地风格的园子。园子里不要搞低级趣味，低级趣味到娱乐场所搞去。南湖公园的花卉园，票价八分太便宜，一毛钱还要找二分，你可以卖五毛。广州的兰圃卖五毛，外宾卖七毛，我们东北为什么卖得那么便宜呢？越便宜越没有人去，八分钱就太"那个"了。我认为票价应两极分化，高的高，低的低，不要一律化。价钱太便宜，园子糟蹋破坏得很厉害。

还有个问题，园林与文物的关系，我过去讲过，园林风景区没有文物，这个地方就没有文化，文物不与园林风景区结合起来就保存不了，沈阳在这方面作出了贡献。东、北两陵将风景区与文物结合起来，是成功的。沈阳故宫，在里面乱种树，就没结合好。故宫可在四周搞园林（现在对面搞了个大房子），这个论点国家文物局是同意的，现在各地都朝这个方向做。还有，很重要的，文物结合园林是个方向，其风格应如何呢？如东陵四周搞个洋花园，那就破坏了东陵，造园应和东陵的风格相结合。因为东陵是一区文物所在，所以要服从文物这个主题。如果文物体量较小，那么文物可以服从园林。我到北陵去，到大门口，若不看见"北陵公园"四个字，就不知道是北陵公园，还以为是到了北京的陶然亭公园呢。这是因为北陵门的设计，与北陵公园不相协调。

各处都这样，其他单位瓜分园林的土地，这个问题很严重。不但沈阳如此，南京中山陵也去建工厂，上海的公园四周也在建住宅。现在园林是个弱小民族，不但

293

要瓜分园林，而且在园林的土地的四周，盖一些不伦不类的建筑，使园林望出去，看不到好的东西，看到的多是烟囱，这个问题我要叫一叫的。我们园林工作者没有被人重视，好像园林就是种树，没有别的，退休的、不要干工作的、有病的，也到园林来。园林成了收容所、养老堂。因此园林工作者想升个工程师，真是难乎其难。他们说种树有什么工程师？绿化就是文化，没有绿化就没有文化，没有绿化就是"死化"。尤其你们沈阳城市污染比较大，绿化相当重要，是一个标志着四化的重要任务。不光是工业化上去了，绿化也要上去，才是四个现代化。如一个工厂占了你的地盘，你就问他，要死还是要活？你烧了我的树，你工厂再好，你厂长也是要死的，还要靠我绿化。直接生产与间接生产，一样重要。我们搞旅游，风景区与园林是无烟工厂，工厂坏了能重造，风景区搞坏了无法再挽救的。我们要对人民负责，尤其是东北地区，有的人要来看看你们三十年究竟搞了什么东西，我们要争气。我对局长和同志们致以非常的敬意，我相信你们能搞得很好的。我对沈阳的建设，五体投地，沈阳工业首屈一指。可是到沈阳来，还要看看东、北陵和大帅府，因为这标志着沈阳的历史。我们一个城市，不能割断历史，我们到一个城市，国外也是这样，先看看他的博物馆，先了解他的历史的全貌，再看看各个时代留下的重点文物，这样以后，对一个城市了解清楚了。我们是历史唯物主义者，我们不能割断历史。没有旧，就没有新，有旧才能有新，新的要超过旧的。尤其是沈阳工业这么发达的城市，里面有许多比较重要的文物，应加以保存，说明沈阳是一个发展的城。不仅沈阳市，辽阳的白塔是辽阳的标志，看到辽阳的白塔，就知道是辽阳。因为现在城市发展相当快，旧的标志没有了就搞不清了。如沈阳城里的鼓楼和钟楼至今还保存的话，那就更好了。我们知道沈阳的旧城，是以故宫为中心，外面全是发展出来的。

听说沈阳有西塔、北塔、东塔、南塔，应该保存起来，即使两个也应保存好，因为这是沈阳城市的标志。如开封有叫繁塔的，繁塔的地位是宋开封外城的地址，我们研究宋朝开封城，就得依靠繁塔的地点，如果这塔完了，开封城根本找不到了。我们园林工作者与文物工作者是兄弟，不可闹对立、闹纠纷，我们是相依为命的。

旅游工作者，他们在最好的风景区造宾馆。国家规划局局长讲过，旅游破坏风景。外国人到中国看风景，风景破坏了，还看什么？要住高级宾馆，外国的比我们好得多，到中国来干什么？比如东陵，这条路高的高，低的低，旅游局说，外宾汽车不能上去，你给我开一条柏油路上去，那风景全破坏了嘛，外宾要步行，陪外宾的旅游工作者不肯走路，就开车去吧！旅游工作者最希望汽车开到门旁边。所以大连宾馆，下边全变成汽车停车场。我先住在前面，很闹，后来搬到后面去了。我在想：汽车污染在上海有得吃，为什么还要到大连来吃呢？我们搞园林的对许多原则，应该坚持就坚持。风景区的路，有走的路，有看的路，不是公路。还有一点，风景区什么也没修好，先盖茅房，这是主次不分。茅房应该修的，但不应该修得那么讲究，香水什么的……现代化得一塌糊涂，风景区没看见，先看见茅房。有些茅房甚至好像园林的小品建筑，四周有漏窗、花窗，啊呀，漂亮得不得了。我们搞漏窗是把园林的风景引出来，茅房里有什么风景可引的？解放后我第一个提倡漏窗，我现在自己在检查，我有诗云"我为漏窗频叫屈，而今花样上茅房"，所以这也是园林建筑的主次问题。我有一个想法，沈阳水位不高，如果把茅房像城防工程似的全部放在地下，就成功了。还有一个问题，现在的城防工程把风景区的水系全打乱了。这是个大问题，山里的泉水没有了。山就完了。好像人的眼睛被挖掉一样，所以这个问题，要同城防工作者好好商量商量，但这是相当吃力的。我碰到的是在福建开会时，泉州有个宝塔，是国家级文物，他要在宝塔旁十米处打防空洞，我讲不能打，他要打，说国防第一，你什么文物政策？等到下午五点，快散会了，还没有解决，他的权力大。我说："这个宝塔有几千吨石头，一个炸弹掉下来，宝塔倒了，要死多少人？你这防空洞能吃得消几千吨石头就修，不然就走。"后来他老老实实移远若干米，这叫做"以毒攻毒"。我们的风景区如遇到这个问题，可与他好好商量，用"以毒攻毒"的方法，可以得到好处。一个风景区的水系被破坏了，是无法挽救的。不少风景区的泉水，被城防工程破坏了，泉水没有了，等于大庆油田没有油，外宾来参观时，只好用自来水龙头喷水，那又有什么意思呢？

我们园林工作是个苦工作，关系到的面非常之多，我们都是自己人，今天讲讲，诉诉苦啊！

拉拉杂杂讲了这许多，难得见面，讲讲知心话，讲得不对的地方，大家提出批评，不过我没有坏意呀！同志们如果感到还有不尽之意，请参考我写的《说园》那本书。

一九八〇年八月二十九日在沈阳建筑学会演讲记录稿

谈园林风景建设问题

我作为一个游客，以游客的心情和大家讲几句话。

我开始只晓得端州，不知道肇庆。我们小时候写字用端砚，就知端州其名，既然端州已是历史成名，何必改称肇庆？我建议肇庆这个名字还是改为端州好。

我们搞城市规划先要了解城市的历史，其次讲山川、地貌。做规划的要懂得天理、国法、人情，如果不掌握这三方面，这个规划一定要失败，不懂这个城市的历史发展，那就是盲人骑瞎马，瞎对瞎。这个原则定下来，我们的文章就好做了。

关于城市的性质，这个城市以风景为主还是以工业为主，还是以农业为主？这个大前提不定下来，我们的工作就没有目标。以杭州为例，杭州原是风景城市，后来改了，走了不少弯路，最后还是风景城市。从辩证的观点看，全面开花犹如一花未开，事情是相对的。城市规划、风景规划、园林规划是一个解决辩证法在实践中应用的一个事业，我们搞规划工作就是在不断的矛盾当中解决问题，矛盾解决得好，规划就成功。

肇庆市以什么为中心？肇庆为什么叫端州？的确，是名副其实的端州。中国、外国、南方、北方，没有一个城市像端州这样四面环山。欧阳修言："环滁皆山也"，端州亦然。搞城市规划有句话叫靠山吃山，靠水吃水。如果靠山不吃山，靠水不吃水，这是最傻的。我们要灵活、聪明、科学地靠山吃山，靠水吃水，不要傻着头脑去干，诸如开山、卖石头、卖矿，将水填了等等。肇庆靠山吃山，靠水吃水，可卖风景。你们现在卖风景，子孙后代还可以卖风景。你现在卖山，子孙就没山卖了，你把水填了，以后子孙就没有鱼吃了。

端州形势好，好在什么？就是风水好。风水不是迷信，风水指山川地貌。过去当县官的，一到任首先要看看县志、府志，找几个地方乡绅谈谈，懂得一些山川地貌风土人情。我们搞规划的人不是做知县官，但他们这种调查研究精神，我们也要学的。

初到肇庆市，当谈到公园规划时，你们的工程师讲市内有个宝月公园，我讲你们在星湖风景区面前搞个公园，不是等于饭店门前摆粥摊吗？哪有生意呢？他说宝

299

月公园是肇庆市的，星湖风景区是地区的。两个机构，这就好像一家人两老各自烧饭，儿子媳妇自己烧饭，一个门里两个灶头。肇庆市与星湖管理区体制上的问题不解决，就会带来一系列的矛盾。要从历史的观点去看问题，凡是风景好的地方，园林就不发达，凡是平原地带风景差的地方园林就发达。四川园林不多，安徽现在也没有好的园林，它就是有天然山水。像宝月公园这个问题，只能是个大街坊中的一片公共绿地，而不作为公园，这是我个人看法。我看过肇庆市的规划图，不仅仅包括了星湖地区，而且连周围的远山都包括进去。七星岩好，景外有远山，远山衬托着七星岩。假如外面的山都毁了，那七星岩还有什么好呢？不是成了七个土堆子吗？北京的颐和园为什么好，主要有西山，没有西山，颐和园还有什么东西呢？你们这里的闽江楼，对面有两座宝塔，是了不起的。西江的四座宝塔对江呼应，是肇庆市的一大地方特色。对景、借景在规划中都十分重要。你们搞规划的人应该四处看看，周围望望，能看到的都应在规划中考虑进去。眼界要开阔一点，如果这许多天然山水一破坏，星湖公园即使搞得像香港公园一样也就没意思了。

一个城市应当有一个城市的标志，有一个城市的特色，照片拍出一看就知道是哪一个城市，这就成功了。

比如，我们中国的城市外面一般有大桥，城市的内外有塔，但不是每个城市的塔都是一样的。肇庆市西江两岸有四个塔，标出了城市的特征，失去它，城市就一般化了。当然，这座塔有迷信成分，但主要起航标作用，只有迷信没有功能是保存不下去的，我们做规划要有历史观点，这几个塔应很好修缮一下。什么是特征？使人容易印象深的叫特征。这次我到肇庆市来看到肇庆四塔，看到七星岩，看到友人送的端砚，久久难忘。你们端州的纪念品好，子孙万代都可以传下去。我作为一个游客对端州有个好印象，我住在松涛宾馆望星湖，正是"不信异乡为异客，分明山色近杭州"。的确，肇庆的风景与杭州仿佛。好山、好水、好地方，作为全国的旅游城市，也作为世界的旅游城市，我们怎么安排呢？怎么建设呢？我看要注意几个方面：一个是城市特色，一个是风景特色，一个是建筑特色。风景特色是有山有水有七星岩；城市特色沿江有四塔，这个城市是滨江城市；建筑特色是怎样呢？我看不能搞成"土香港"。看来，这里"土香港"的倾向严重，何谓"土香港"？指盲目模仿者也。"土港"再好也高不过"真港"。所以我在闽南、广东大声疾呼：骑楼要保持，骑楼是个好东西，既解决功能，又增加了城市特色，下雨、好天太阳晒都有好处，上面空间又可利用。如果整个街区都变成方盒子，倒不如建些骑楼好。最近在江西开的中国建筑学会年会提倡保持两条原来城市的街景，保持一些旧街区、旧民居，古旧建筑。一个城市没有旧就没有新，你们肇庆市老城还在。肇庆是个历史名城，有包公，我这次看了梅庵，又看了阅江楼，我很满意。肇庆工作做得好，我想到梅庵去，以为一定拆得不像样子，但是修得很整齐，阅江楼也布置得很不错。这个城市经得起游览、经得起想、经得起买。怎样经得起买呢？看了风景还要买点东西回去。有的城市经不起买，没有东西，你们还有几块砚台。你们端州拿得出最响的一个七星岩，一个鼎湖山，这是你们端州的两座宝石。如何来经营？这文章要当心呀！

我们搞城市规划也好，搞风景规划也好，最重要是立意，星湖的特征是什么？有七星岩，不要把七星岩孤立来看，外面有环山，岩外还有水，相当于一个水盆景。过去立意不明确，将水盆景变成旱盆景，就在这个水盆景的山外做了水泥外围，所以现在七星岩不在水里了，而是在岸上，在公路上面。这是对这个问题谨慎不够。过去要游七星岩，是用船去的，现在由公路去，往后要用缆车去，再后要直升飞机去。西湖只有一个孤山，你们星湖有七个孤山，了不起呀。杭州只有两面环山，你们四面环山，是变浓妆星湖还是变淡妆星湖？如果说星湖变得与西湖一样，我何必来星湖？我不如去西湖，如果把星湖化成香港，我何必来星湖呢？所以说星湖要把握住星湖的特色，这是我个人的看法，星湖应该是"还我自然"，这并非意味着一个房子也不要造了。还我一个原始星湖吗？并不，自然风景区以风景为主，建筑物起了点睛、点景、映景作用。比如吃饭的那只"船"（松涛宾馆餐厅）这么大，这条船起码的尺度概念都没有。在蟾蜍岩和仙掌岩之间，两个岩这么小，中间摆个大体量的宾馆，压小了岩，岩成假山了，所以说，风景区建筑宜小不宜大，宜隐不宜显，宜低不宜高，宜散不宜聚，宜麓不宜顶。过去和尚寺庙不会造在松涛宾馆的地方，他们一定会在后面山阴处造，我们唯恐别人看不见，就赤膊上阵。世界著名建筑师贝聿铭先生，要他在天安门广场搞个高层建筑，他不搞，他说，我不能在祖国的地方搞出个东西遗臭万年。他去造个香山宾馆，贝聿铭先生这么大的建筑师不搞大楼，搞个小宾馆，聪明呀！他之所以成功就在于此。

我们过去搞风景也好，搞园林也好，拆了建，建了又拆，就是没有慎重考虑，在选择地方的时候，造个临时的，看看不好就拆了换个地方。我们现在既不看投资，又不看地形，建好了就改不了。

星湖公园包括鼎湖要搞建筑物，不论建什么，都应有自己风格，不要庸俗化。我今天很不客气，红莲湖你们搞了个铁索桥，两座假山，真山前面堆假山，自然风景就是搞真山，不堆假山。如果在风景区搞建筑破坏真山，破坏地形，这是罪人。

星湖风景区还有一个问题是挤的太挤，疏的太疏，就是说所有的人集中在广场的地方，有几只小船也集中在这个区，水月宫西面又是餐厅，又是什么东西，这样人流势必集中在这里，杭州西湖北山有座保俶塔，南山有个雷峰塔。雷峰塔塌了，就是不肯重建，认为是封建迷信，后来，我提出南山风景区雷峰塔不造，所有的人流集中在北山，不往南山去游了，这么一讲，园林管理处的人接受了，表示还是要恢复雷峰塔。如果恢复，人流分散，一个西湖当一个西湖用，以前一个西湖当半个西湖用，你们星湖应当充分利用呢？不要浪费啊！

我很奇怪，从牌坊进来，很少有人在堤上走，一部汽车一下子开到松涛宾馆，一下子开到里面，外面这许多风景区都浪费。我相信，如果再过两年，堤上不断有人走，星湖就成功了。为什么西湖堤上面有人走，苏堤上面不行车？我认为，在堤上建亭子要多建几个，没有亭，这个堤就是公路，星湖公园的游有静观，有动观，有水游，有旱游，没有动观就没有静观，堤上不搞几个亭，就有了静观。走了二百米，到亭子里坐下来看看，

304

多好啊！现在一个亭都没有。外宾到星湖公园，从牌坊旁划船，摇到宾馆，多舒服呀。现在好像是送货车，一下送到宾馆"卸货"。这个是"旅与游"的关系，游要慢，旅要快，如果你游也快的话，只能是"不可不来，不可再来"。假如宾馆在山里搞，建些小宾馆，一家人逗在这里三两天很有趣，下次再来，现在是汽车一次玩光了，下次就不要来了。生意不能一次做完，要做它几次。星湖不仅要招待外宾，更要考虑面向国内和全市人民，我们是为人民服务的，不是只为外国人服务的。我们可以在湖里搞点画舫，里面雕刻精致些；搞点船菜，搞些鱼，这是星湖的活鱼；山上养些猴子，丰富公园内容。至于"登月火箭"，这些是城市里的东西，我们千万不要把"山林城市化"。山林是山林，城市里的东西不要都搬进山林，现在这个倾向很严重。你们这里龙船顶多三万元一艘，花六万元买两只船，再搞几十只小船，这个利润可比松涛宾馆要合算。我们要本轻利重。香港没有的我们搞，香港有的我们不搞，你们的风景区越是布置得中国化，外国人越是要来看，你布置得越洋，他们就不看了。我们这里的建筑，香港的东西、洋的东西宜少搞一些。

我们风景区规划要近人情，现在有许多不近人情的现象，比如今天到双源洞去，早先，这个水洞外面没有路的，要从湖里摇船进去，现在外面做了公路，我们现在进去像钻狗洞，毫无味道，这是破坏了自然生态，游得不合理。

风景区应该是发扬我们中华民族的文化传统，对广大人民包括华侨进行爱国主义教育，培养下一代新人的最有力的教育工具。这并不是要在风景区内贴上什么标语，而是在风景区内怎样建设我们的中华民族的风景区，怎样规划、布置出一个很高水平的风景区，使华侨也好，外国人也好，都感到是来到了中华民族的国家了。这不是香港，更不是什么外国，而是实实在在的中国。

我们搞宾馆或公园要有亲切感，在公园附近搞宾馆宜小不宜大、宜散不宜聚，要有民族风格，里面的设备可以现代化，形式要民族化。

我到过瑞士，瑞士是风景区，那里的老百姓民居都成了风景点，小洋房形形式式很别致。我们现在就是有人喜欢将风景区的老百姓房子拆光来建大宾馆。最近江西园林处有两个青年技术员到我这里来，他们讲江西要把庐山的民居全部拆掉，老百姓搬到九江城去住，坐电缆上山种田，实在笑话。民居在风景区内还是可以摆的，问题是我们怎样去规划。但工厂在风景区内则绝对要搬走。

风景区不与文物相结合风景区就没有文化，文物不与风景区相结合，文物是保存不了的。我们最近开了一次古建筑会议，就是有这个看法，弄几个古建筑到风景区可添景，好的民居、好的古代建筑搬几个去有好处。星湖从唐代开始有名，搞几个古建筑有好处。星湖这许多石刻，具有高度文化的反映。可以说星湖的山鼎湖的山都是有文化的山。一个风景区与文化相结合有什么好处？就是使风景区耐看、耐玩、耐想，风景区允许有神奇传说，神话故事。电影唐伯虎点秋香一放映，上海的人都要到苏州虎丘去，干什么？去找唐伯虎。风景区可讲些神话，讲些传说，肇庆包龙图就好出名，包龙图了不起，名气大，他一出来，开后门就没有了，有教育意义。听说你们城里有个包龙图办过公的地方，将来可作为一个风景游览点。佛教六祖插梅为志的梅庵也可是个风景点。搞风景园林是个很复杂的学问，历史、地理、植物、动物、文学……关系到多门学问。昨天去梅庵，看到人民法院一块招牌，叫人扫兴。

风景区内一些建筑如鼎湖的绿眠亭、补山亭等，古人在这里建亭为什么？要进行分析。一进补山亭，里面很幽深，外面很开阔，它起隔的作用。风景不隔不深，绿眠亭你登到那里就知道，后面有瀑布，连声都听不出，一出绿眠亭，一下水声就出来了。这绿眠亭对于飞水潭瀑布起了隔的作用。

　　鼎湖山庆云寺，下面看上去不中不西，不古不今，听说还要发展。我看风景区建筑古要古到底，洋要洋到家。各自分区，互不干扰，有好处。在城市的公园搞个区洋一点可以，鼎湖山的寺庙就应古到底，现在后面搞了个既不像游泳池，又不像跳水台的东西，这就好像乡下老爷爷与香港的孙儿合拍的照片一样，一个喇叭裤，一个穿棉袄。洋跟古混在一起怎么处理呢？当然，我们不能排除风景区里有古中带洋，但要有个界限，处理要慎重。比如，星湖有比较偏僻的地方，适当搞点洋东西也未尝不可，但不要在七星岩当中搞，避免不伦不类。我们搞风景建设起码要求"不求有功，但求无过"。星湖有些我是非常满意的，就是隔得好。有天然的隔，有人工的隔，小区用走廊来隔，大区有七个山头来隔，这样有游的趣味，游而有趣到什么程度呢？游不思归，令游人唤起游兴，不匆匆而来，匆匆而去。看来，水游比陆游有趣味，我这次坐了一只汽艇游，倘若是用双手划的船，趣味还要好呢。要使城里的居民随时能享受到星湖风景区的游趣，我们为人民服务就做出了贡献。现在，星湖用很大的力量招待外宾。我们不能忘记为人民服务这一条。游的方式要注意，风景点不要集中到七个岩中，要分散到七个岩以外。西湖为什么要搞十景？就是一次玩了两个景，下次还要玩八个景，如果一下子十个景都玩完，那么下次还有什么味道呢？风景区的景有朝景、晚景、春景、秋景、冬景等，有时间季节的变化。这些，你们广东是得天独厚的。广东的真山真水，有四时花木，了不起！这个特点我们要把握住。还有，景也可由人造，西面造个亭可观日出，东面造个亭可看日落，半山搞个亭子可供游憩。所以，景为人造，同时由人来宣扬，所谓宣扬，比如古今一些文人雅士为之题个很好的名字，一点景就出来了，这个名称很重要，贴切得当，犹如画龙点睛。你们洞里宣扬的这蛤蟆、大象之类，毫无意思。你们端州包龙图来过，端州就叫得响，叫肇庆，像绍兴，扫兴。

今后除七星岩原风景区外，建议你们搞些更多的风景点，这许多风景点将来形成体系，会大大拓宽游览范围，使整个风景城市能容纳更多的游客，关键在于我们如何巧妙地来做这个事。

风景区一定要有真山真水，还要有植物配置，植物在风景区中占很重要的地位，好像我们的头发。我主张土生土长的树木，它代表这个风景区的特征，乡土树种最容易生长、发育。南京的雪松好，但配不了你广东。你们的建筑大玻璃、白水泥很漂亮，但在北方就冷得不得了。北京的院子多种松柏，因为它秋后不落叶。你们南方树木，常青树木多，到了秋天，叶色也会变化，我们南方的园林还要考虑树木的形态，树木叶子色泽的变化。

树木的种植应该讲究品种的配置，在一个区的树木品种不要搞乱，不要搞大杂烩，要调和。中国园林很懂得松林就是松林，梅林就是梅林，柳林就是柳林。杭州的白堤一株桃花一株柳，这是错误的，杨柳是水边植物，桃花是高山植物。风景区植物的更换或调整要格外当心，不能一下砍光，干部也要老中青结合呢！特别对老树一定要保，为什么？中国人欣赏树木只讲姿态，不讲品种，特别盆景很讲究姿态的。外国人比较注意品种，不讲姿态（当然也有讲姿态的）。中国人的花园里重视植物姿态，讲究少而精，以少胜多。现在园林部门上报种树五万株、十万株，这都是小苗呀！我就看你公园里有几株大树？风景区有大树可能成为名山。外国人到一个地方先看看博物馆，然后就是看你有多少老树，有老树才体会这个地方有文化。希望你们肇庆市对所有古树要调查，名木古树要保，这在我们法律里有的。假如我们保住了包公种的树，就不得了，文章有得做，又是一景啊！

在风景区搞雕塑要特别慎重。华清池在杨贵妃洗澡处想搞个贵妃出浴形像；杭州虎跑寺搞个假老虎；南京莫愁湖搞个莫愁女，这都是不堪称道的，我不希望你们在星湖自然区内搞这些不三不四的雕塑像。最近上海人民广播电台要我讲园林与雕塑，我说不好讲，因为中国园林雕刻是抽象的艺术品，一块假山石头是个美人峰，是个寿星公，似像似不像，这是中国园林的特征，属抽象艺术。现在国外最为时兴这种雕刻。

我们的美学观点是以含蓄感情为内蕴，形成人格化，具有丰富的想象力。外国则比较直率，可是现在他们也学中国的，拼命学我们的园林理论，而我们呢却把老祖宗忘掉了。其实，中国人民在园林艺术上有很高的哲学思想，比如对水的处理，外国惯搞大盆式喷池，中国喜欢弯曲流水，静中有动，动中有静，意景含蓄。本来七星岩的水面都是弯曲有致，静中有动，但一筑公路这种关系就不存在了。松涛宾馆搞了个方池，既不像浴缸又不像游泳池，上面搞个喷嘴，试问水从何来？这些水是必须要跟星湖的自然水连起来的，不能孤立的，不然就会缺乏自然生气。铁索桥两座假山哪里来的？它不可能与真山连成一体，假的还是假的。搞风景区建设要有整体观念，搞清楚来龙去脉。如果没有一个整体观念，单独思考问题一定要犯错误的。园林规划设计充满哲学原理与辩证法，我们研究它不能仅抄两个名词讨论讨论，而是要解决现实的规划建设问题。园林变化无穷，有法无式，借景、对景、因地制宜，因时制宜，这是法。搞风景园林要向大自然学习。一般来说，城市园林是大自然的缩影，你们此地有大山大水，很有条件。你们的眼睛不要看着苏州园林、扬州园林、北京园林，你们的眼睛要放在眼前这个珍贵的天然山水上。

一九八一年冬在肇庆市建筑学会讲演记录稿

钟情山水　知己泉石
——漫谈风景名胜区建设管理

　　风景名胜区是祖国遗留下来的瑰宝，是祖国的骄傲，是进行爱国主义教育的好地方。风景区的主人是谁呢？应该是山、水、竹、石等自然景观。我们考虑的首先应该是如何保护它，其次才是如何去利用它，不能去破坏它。自然风景区像一个人一样，如果它被破坏了，就像是一个五官不全的人；如果你把它打扮好，就会更好看。如果有人表现自己有钱，把自己的牙齿全打掉了镶上金牙，自以为好看，实际上难看得很。风景区如果把树砍掉了，林保不住，水也没有了，宾馆修得再高级也没有人去看了。一个人没有头发，脸上不管打多少粉，嘴上擦多少口红，再打扮也是一个丑八怪。现在我们国家实行对外开放，许多地方利用外资建设风景区，我是赞成的，但一定要以我为主，不能认为洋人的意见都是对的。目前，在杭州西湖四周建了许多高层建筑，山就显得矮了。有人说建了以后拆掉，这是很不容易兑现的，也近乎是骗人的。

搞风景区的人，要有自己的主张，建设风景区要有自己的特色，建设的东西要经得起时间的考验，要有长期打算，不要一阵风都建高楼大厦。庐山过去是住在山下，游在山上，现在倒过来了，已经有两条公路上山，又要修索道，使绝大多数人都住到上面去了，这就破坏了风景。我在泰山问泰安市市长：你们泰山以什么为中心？他回答说：以经济为中心。我说不对，应该以文化为中心。他的工作是管山管水的，怎能以经济为中心呢？风景区要抓住本地的特点，栽本地的树木。黄山栽上了法国梧桐，就失去了黄山的特色。应该调查一下，风景区的特色是什么？要在特色上下功夫，在特色上去建设。特色突出了，管风景区就到家了。有些和尚、文学家能够把风景区建设好，并能流传千古，是因为他们有广泛的知识，能够抓住本风景的特色。管风景区的人，要研究历史，要讲究风土人情，要研究自己的风景特色。自己得了病不知道自己害的什么病，就吃进口药，这会死得更快。现在有些人想利用外资，把大宾馆、疗养院建在风景区内，实际上是挖你的心肝，他们对风景区的公用设施什么都不管，道路维修不管，自然保护不管，污水排除不管，钱是他们赚走了，而你们却要办上面那些事，这真叫大大吃亏了。所以，我们管风景区的人要做"吝啬鬼"，不能慷慨大方，要寸土必争，不能让人家随便进来。

管风景区的人，要有"诗人的感情，宗教家的虔诚，游历家的毅力，学者的哲理"。苏东坡是个了不起的人，他到庐山、西湖，都留下了千古不朽的绝唱。把庐山总结了："横看成岭侧成峰，远近高低各不同。不识庐山真面目，只缘身在此山中。"把西湖概括了："水光潋滟晴方好，山色空蒙雨亦奇。欲把西湖比西子，淡妆浓抹总相宜。"因为他有文化，过去一些有名的风景区，差不多都是文人挖掘的，都保护了自然。现在我们有些管风景区的人，就只知道造大楼大厦，似乎显得很有"气魄"，实际上是"喧宾夺主"，霸占山头，是建设风景区的大敌。现在，我们有些人办了许多没有文化的事，街上的垃圾箱做成狮子、熊猫，让它们吃垃圾，就显得没文化，风景区处处的小建筑，都反映是不是有文化。

我们管风景区的同志要有信仰，要有素质。当和尚是有条件的，出家不能结婚，还要吃素，还要有信仰。我们在风景区工作的人，不需要学和尚不讨老婆要吃素，但一定要有信仰。苏东坡要到杭州来当官，建设西湖，他感到这是一个美差事，责任重大，但是这个美差

315

事不是每个人都能干得了的。管风景区的人，好像是幼儿园的老师，做幼儿园老师是很不容易的，我就不行。管风景区的人，要热爱风景区，不然的话，就会破坏风景区。我们要"钟情山水，知己泉石"。管风景区的人，要有修养，要有文化，有了这两条，就会对山水产生感情，会自愿地与山水结合。

搞风景区的人，一定要懂规划与建筑。风景区的建筑要起到好的作用，要配合自然。现在有些建筑师，要突出自己的建筑，把风景区当"配角"，而自己的建筑当"主角"，这是把本末颠倒了。国内外游客到风景区来，是要观赏风景，不是来看建筑。有些风景区搞坏了，我看多半是坏在建筑师手里。在风景区工作的人要懂得游人的心理，要有一种山重水复的感觉，这样，风景区就有味道，就能留住游客；一览无余，游人就没有兴趣了。观赏风景就要步行，步行才能欣赏好风景。所以，风景区的道路建设要曲中有直，蛇行是曲中有直；城市道路要直中有曲，狗跑是直中有曲。它们是我们建设风景区道路的老师。风景区内道路的建设主要是曲，曲才能领略到"情趣"。旅游这两个字是两个概念：旅是要达到一个目的地，游是优哉悠哉，观赏风景。所以，旅要快，游要慢。现在有些风景区把它颠倒了，在风景区内修了车道，甚至修上了缆车道，一掠而过，这怎能观赏风景呢？我看以后后人还是要把它拆掉的，这叫"还我自然"。

最近几年，我对有些风景区的建设是有意见的，每到一个地方都提出了许多批评，目的是想搞好。风景区的建设，是要经得起时间考验的。风景区的山、水、石头、树木、花草都是宝贝，风景区好不好，主要看绿化好不好，看封山育林好不好。要振兴中华，必须绿化，没有绿化就没有文化。有好的风景就有好的风水，有好风水，便有好风景。没有树，没有水，不能叫风景区，更不能叫好的风景区。有些地方搞盆景，在山上到处挖老根，这是对风景区最大的破坏，比农民砍树还厉害得多，因为砍树还留着老根。外国人到你这个风景区来，看到有很多古树，就认为是有文化。一个地区是否有文化，一看树木，二看木结构房屋的多少。如果古树多、木结构房屋多，就代表了文化，保护木结构的房屋是十分重要的。日本经济发展很快，但是古的都保存得很好。

管风景区的同志，要热爱山水、热爱林木。没有树就没有水，没有水，山就成了荒山、秃山，怎么能生动、秀丽呢？所谓"山因水而活"就是这个道理。苏东坡有句名言："贫家净扫地，贫女巧梳头。"看来，苏东坡是风景区的顾问。有些人把风景区与园林混淆了，在风景区里搞花园、造假山，真山面前堆假山，饭店门前摆粥摊，是错误的。风景区内人工的东西太多了，就会走向反面。园林还要"虽由人作，宛自天开"。一个风景区的好坏，主要看自然保护得好不好，建筑主要看与自然配合得好不好，破坏自然的建筑要拿掉。

管风景区的同志要有鉴别能力，不要照抄照搬人家的东西。可以互相交流的是经验，但不要交流形式。如果是交流形式，那就坏了，很可能搞成像全国宾馆与招待所的早餐一样，从南到北都是馒头稀饭，千篇一律，那就糟了。对开发风景区有不同意见时，我们要慎重对待，不要随便肯定或否定。所以风景区的有些建筑最好先搞竹木结构的，经过一段时间考验，再建永久性的，不要匆匆忙忙建钢筋水泥的；修路也是一样，不要匆匆忙忙修柏油路，先搞点石子路，将来要改很容易，以后慢慢地去完善它。

风景区也要搞统战工作，要把热爱风景区的人统一起来，支持风景区的工作。

管风景区的人，是风景区的建设者，又是风景区的保卫者，一定要上对得起祖宗，下对得起群众。做到这一点，就能把风景区管理好，才能完成历史交给我们的任务。

一九八四年冬，在全国风景名胜区领导干部研习班讲演。根据吴杨德记录节载

湖山人情能留客

现在大家都关心旅游事业，尤其在中国这是一个新兴的事业。那么我们怎样来理解旅和游这两个字呢？旅和游是相对的，旅要快，游要慢，这是两个不同的概念，而我们往往把它们混淆起来了。上海到美国，如果路上跑了三个月，到了那里乘飞机兜一圈两天就回来了，这有啥味道？国外旅游事业办得好，就是旅快游慢。在美国，旧金山到洛杉矶乘飞机四十分钟，但到了那里可游上几天。我们的情况正相反，上海到杭州，乘火车要花五小时，但杭州一日游却只有六小时，真是适得其反。在日本，我真像上海人说的"阿木林"，问别人从某地到某地几里路？可他们的回答是几分钟火车，几分钟汽车。这说明国外的"旅"已经不再是一个路程的概念了，而是一个时间的概念了。当然，我们要改变

319

这一局面关键在于交通部门。但我们搞旅游的人，在安排上要注意科学性。

现在还有一种错误的观点，就是一次看完，越快越好。这是最不科学的，为什么不能慢一点，舒服一点，下次请他们再来，以后再来，这样不是一笔生意分三笔做了吗？

最近我去泰山，那里的市长对我讲，陈老，我们没有听你的话，现在吃苦头了。我说，当初叫你们不要造缆车，你们就是听不进。现在济南到中天门汽车一个多小时，中天门到南门缆车八分钟，真是匆匆而来，匆匆而去。这样，风景点没有人游，茶馆没人坐，旅馆没人住，土产没人买，真是搬起石头砸自己的脚。我认为济南到泰安一小时汽车是对的，旅要快嘛，但上了泰山应该慢慢游。岱庙、经石峪等都是好地方，现在许多游客都不去了，真可惜呀，搞旅游是要留客，现反成为赶客了。

杭州也是这样，汽车开进开出，用电瓶船游西湖，就连北高峰这样一个小山头也搞上了缆车。最近杭州新侨饭店开张，要我题个匾额。我一半是恭维它，一半是讥讽它："明湖一碧望中收"。居高临下，一览无余，白相还有啥味道呢？杭州市长钟伯熙是我的学生，要我搞杭州，我不搞。我现在醉心于海盐的南北湖，那里真是几十年前的西湖呀，美极了，世外桃源，青山四围，实在太好了。

你们搞旅游工作的人，现在常常抱怨太辛苦。确实，我看你们是太吃力，整天拿只电喇叭哇哇地喊。这既像托儿所的保姆又像在赶鸭子，有些外国的老年旅游者，被赶得走投无路。为什么会这样呢？我看主要是散和聚这个关系没有处理好。

现在搞旅游，只集中在几个大的点上。杭州、北京、上海、桂林、黄山、青岛……结果是人挤人，有什么趣味呢？中国这么大，难道就只有这几个旅游点吗？我认为名旅游点不一定就值得游，酒菜馆里最贵的菜不一定就是好菜。要是上海滩几个大百货公司都能解决问题，那么小商店都可以关门了。为什么不能散一散呢?!去年黄山市长邀我上黄山，我到了温泉就不上了。我对他说，你们的温泉现在像中山陵了，雪松、法国梧桐弄得不伦不类，人拥挤得像城隍庙；我要去太平湖，太平湖真好呀！九华山、黄山等几个大山的倒影都在里面了。经过宣传，太平湖的游客增多了，有了个缓冲地带，减少了对黄山的压力。再说庐山，现在旅馆全部集中在牯岭，假如山下、途中都造一些旅店，上山可循序前进。现在一集中在山上，交通问题、水源问题、供应问题都存在不少麻烦，这就叫背其道而行之。

我国有名的旅游点，大多均有一正一副，即有主次之分。泰山有个长清，杭州附近有南北湖、超山等，西湖原来旁边有个西溪，也是一个为副的旅游点，可惜不慎重地改为工业区，风景点消失了。游普陀，其旁的岱山是个副的，游黄山，太平湖则是副的。没有副就没有缓冲，目前应该在副字上做做文章。现在副职干部提了不少，一正几副，为什么在旅游点上只有正没有副呢？在沪宁线上，我劝别人不一定上苏州，你可去吴江；你不游太湖可游石湖；不上南京可上扬州。在沪杭线上，嘉兴的南湖、海盐的南北湖都可去看看。总之，在当前聚得太集中的情况下不如到那些人少的、清静的地方去。我和上海江市长及其他几位市领导都谈过，要控制离上海近一点的风景点，如淀山湖、常熟、吴江、海盐、昆山等，这对减轻上海旅游的压力大有好处。

除此之外，还可以提倡四季旅游。要把淡季做热，旺季压一点，这样就可以平衡了。在初春，可组织去超山和邓尉赏梅，冬季可赴庐山赏雪，颐和园的雪景也是够美的。而夏天可搞野营。高桥海滨搞帐篷只能是小范围的，南北湖外的海塘边支起帐篷范围就大了，又能天天欣赏浙江潮，何乐而不为呢？

外国人来中国旅行，他们的意图是什么？这一点尤其是你们做外国生意的，一定要弄清楚。他们是来享受中国的文化艺术，参观中国的历史古迹，了解中国的风土人情以及品赏中国的土特产品的。我们一定要抓住这个主要矛盾。若叫我去埃及，我就要看金字塔，去马来亚就要看土人，给我看西洋建筑就没有味道了。而我们现在唯恐不能洋到底，外宾一来，吐司白脱，别人并不稀奇啊，为啥不弄点汤包、小笼馒头、大饼油条给他们吃呢？外国没有这些，有呢也列为名贵点心。

外国旅行团来，首先要弄清是何等样人。旧社会有一种摸骨算命的，他摸什么骨？是摸你的银子，你银子没有他甚至连算命钱也不要你付。和尚庙里的知客僧真不得了，他专门轧苗头，穷香客来就喊："坐，倒茶。"小和尚一听就把别人吃过的茶叶泡一杯来。富一点的来他就喊："请坐，泡茶。"小和尚就泡杯蹩脚的茶叶拿来。大官来了他就喊："请上坐，泡好茶。"小和尚就用好茶叶泡了端来。知客僧的喊话是一种信号也是一种艺术，既不得罪人又充满等级观念。讲这两个例子就是说，只有在摸清旅游对象的情况下，才能因人制宜、对症下药地进行导游。同样白相虎丘山，对外国的学者教授，你应该介绍虎丘塔建成于宋朝建隆二年，它是砖木结构的；而对于普通游客，你可介绍相传吴王阖闾葬于此地，还可讲讲唐伯虎与秋香的故事。我历来不反对把神话、传说等介绍给外国游客，只要有情趣，都可以讲。古人说："情以兴游"，做导游的就应该在这四个字上下功夫。

现在有些导游带游客到某地，先要坐下来讲上一小时，这毫不科学。他们兴冲冲来急于要看，而你却使人扫兴。为何不因势利导，边游边讲，待他们玩累了再坐下来喝杯茶休息休息呢？在喝茶时又可随便谈谈来介绍一番。

导游这碗饭我这个人大概也能吃的。有一次贝聿铭先生带了四个法国录像师来上海，他要我租一条轮船，去拍外滩前"中央银行"，因为他父亲原是前"中央银行"总裁。我一听糟了，借条船要通过外办、公安部门、轮船公司……个把星期还不知能办好否？于是我灵机一动，要他们跟我来，我跑到延安东路外滩码头，买了七张轮渡票。待船一开，豁然开朗，外滩景色尽收眼底，客人们个个拍案叫绝，结果拍得十分成功。还有一次我陪一个旧金山代表团参观扬州，游到下午四时，外宾肚子饿了，我跑到烧饼店，请他们马上做四十只最好的黄桥烧饼，做好后装上竹篮趁热送来。外国人吃上这香喷喷的热烧饼，都翘起大拇指称好，烧饼一扫而光，而我只花了四元钱。所以做导游一定要有一点随机应变的本领。

我历来提倡搞一些地方风味，这是能迎合游客的猎奇心理的。去绍兴不吃绍兴酒就不算到过绍兴，而绍兴酒用啤酒瓶装就不成特色，就像阿Q穿西装，不伦不类。我在日本吃鱼生，真是可怕，但记忆犹新。所以外国人来吃螃蟹，不要剥给他吃，让他自己戳些血出来，尽管这是惨痛的教训、辛酸的回忆，但毕竟是含泪的微笑呀！地方风味搞好了，既能吸收外汇，又可扶持地方工业和第三产业上马，是一举两得的好事。我建议把中国名茶装上软罐头，既可冷饮，亦可温热，就像可乐那样饮起来很方便。如将云南的普洱茶、四川的沱茶、黄山的毛峰、祁门的红茶……每种让他们品尝一听，就能卖出好几听了，外国人吃得好还要买茶叶哩。金华火腿、宣威火腿、如皋火腿，由于风味不同，外国人一背就是三只，这样的大好事何乐而不为呢？所以陪外宾选购东西时要多介绍地方特色，诱导他们多品尝和采购地方风味。

送礼也有大学问。例如南洋来的商人，他们喜欢绣花的衣裳和被头，因为出去时穷，没享受过这玩意儿，现在发了财，非穿一下、盖一盖不可。欧美学者来，他们喜欢中国文物，复制品倒也无所谓，但要做得精致。而美籍华人喜欢的是名人字画。贝聿铭先生去苏州，那里的领导人送他一只玉雕香炉，可他却感到为难，说：陈兄呀，像小棺材那么一只叫我如何背回去呢？我知道他喜欢紫砂工艺品，送了一些别致的紫砂茶具，他高兴得很，爱不释手。我觉得陕西秦陵的陶俑制作得不错，小巧玲珑，旅行袋里可装上廿到卅个，而唐三彩太大，带起来就不方便。山东的花瓶现在越做越大，我不明白这到底是插花的呢还是插树的？换起水来还得请个帮手哩。故而我认为制作旅游纪念品宜小不宜大，宜轻不宜重，宜精不宜粗。

讲解中国园林，我的几本著作《说园》《园林谈丛》等可以作为参考，这里只是想概括一些中国园林的主要特点。

"文人园"是中国园林的特点，因为古代中国的园林大多数是根据诗人、画家的构思来建造的，所以它有很强的诗情画意。过去退休的官吏告老回乡，不少人造花园休憩以度晚年，他们喜欢住在苏州、扬州，因此这两地的花园就多。

如果你导游豫园，它的特点是"城市山林"，即中国的园林可以造在闹市中。这个明朝园林中的假山是全国最大的黄石假山，由明人张南阳所堆，现在园中其他明代建筑都不复存在了，因为清代以后为会馆占领，造了不少房子，把当年的原貌给毁了。最近我主持豫园东部的改建工程，给它恢复明朝的样子。

中国园林的建筑特点是"正中求变"，园林中的建筑物皆东西南北向，没有歪的，而长廊、水池及游径曲折则是变。如果你细心观察苏州的花园，不难发现这一特征。我国古园林另外一个特征是建筑物对假山，假山对建筑物，若建筑物对建筑物，假山对假山，步法一乱，看上去就不舒服了。网师园就是一个很好的例子，它的特点是少而精。也系采用了正中求变的方法，把水集中起来，这样园子就显得大了。后来网师园东部扩建，由于建筑物没有对假山，故而就显得不协调了。

谈这些，就是希望同志们碰到复杂的问题要用简单的方法来分析，遇事要抓其特点，要抓住本质的东西，我就是喜欢抓关键的东西。在日本政法大学的报告会上，有人问我中、日园林的异同时，我说："日本园林是自然中见人工，中国园林是人工中见自然。"这观点受到了日本同行们的赞同。

江南景色的特征是软风柔波，她的风吹上来是软的，而水是柔和的。西湖为什么要濒水种杨呢？因为杨柳的线条曲曲弯弯和水波的线条是一致的，如果种上法国梧桐，那就硬邦邦不相称了。苏州的特点是糯。他们说话的声音糯，吃的东西也糯，就是和你闹意见也是给你一个软钉子。杭州的特点是秀，山清水秀。扬州的特征是小，瘦西湖，小金山，还有小笼包子，总之全是小。镇江的金山是寺包山，北固山寺镇山，而焦山则是山包寺。抓住了这些特点，你们导游起来心中就有底了，化开来也不难。同时再给你们介绍一个诀窍，即每到一处，亭台楼阁上面的匾额和对联就是当地景色的最好说明书。如"荷风四面亭"，"月到风来亭"，均把实地的景致精确地勾划出来了。在山东大明湖，老残写了"四面荷花三面柳，一城山色半城湖"，把济南的景色都概括了。故你们每到一处，先要眼观四方，把这些最好的说明书先看一看，想一想，随后介绍给游客就心中有底了。

不少导游常向我叹苦经，说干导游这一行太辛苦。我说世界上要干出些成果来的事业没有一行不苦的。你们这碗饭是苦饭，但也是科学的饭、知识的饭。若认为外语学院毕业生当然就能作导游，这是无稽之谈，我看连当"仆欧"（boy）也无人要。因为旅游这行当是讲学问的，有相当高度。做导游犹如天天在口试，而且你们做的外国人生意，天天要回答外国问题。这个外国问题难回答呀，稀奇古怪，就是我们当大学教授的也不一定能对付。像我们学校有些中青年教师不愿带学生实习，原因也是一样，怕学生问，问讲义和书本上没有的东西。

为此，我有两点意见提请大家注意。第一，要多学些东西，积累各方面知识。要看资料，甚至地方志，还要了解诗词、书画，即使宗教知识也应该懂些。像日本人参观寺庙时常要问你这庙是禅宗呢，还是法相宗呢。只有拥有广博的知识，并对当地的风土人情了如指掌，那么你回答问题就可顺口而出了。如果无法应付，回来后就要翻资料、查出典，再不清楚就请教有关部门，非弄懂不罢休。解决一个难题，你的学识也就长进了一点，日积月累，你就有了大学问。

像介绍网师园，你可说，这是一座始建于宋朝的园林，它是中国园林中以小胜大的典范，网师两字的涵义是有点隐居的意思。至清朝同治年间，该园被李鸿裔所得，他是曾国藩的秘书长。大秘书长为什么买小花园呢？是为住姨太太的。后来李鸿裔卖给张锡銮，张付不出钱，是他的学生张作霖买下送给老师的。张作霖者何许人也？是张学良的父亲。你这样一讲，外国人兴趣就来了。right！好！然而你要能讲这番话，就非要看点东西不可。

第二，在作导游时要争取主动，不要老是被外国人牵住鼻子走。你应该控制他们、调排他们。因此要学得机智一点，通俗地讲遇到问题要"滑得脱"。怎么滑？我介绍你们两个字，叫"空灵"，即孟子所说的"王顾左右而言他"。我在旧金山时，美国记者要我谈谈对该市的印象，我说："桥上桥，人上人"。因为旧金山的立交建筑确实不错，而社会的等级也非常明显。那记者听了连声说："很有哲学味道。"还有一次一名外国记者问我："上海地铁工程进展如何？"我一言以蔽之："正在进行之中。"这叫四脚凌空别人抓不到什么。所以做导游时，不仅要介绍实的东西，也可谈谈虚的东西，可以谈诗境画意，可以谈得神秘一点，让游客们自己去体味，给他们留有想象的余地。这就能以逸代劳，掌握主动权了。

你们理解了这两点道理以后，也许不再为自己的工作叫屈了。你陪别人游览，不要看成是一种负担，你自己也可以研究些什么嘛。这样每游一次，就能够发现一些新东西，兴趣和味道也就来了，对自己的导游工作也就热爱了，也就能干得更出色了。你们每次把游客们的音容笑貌、心理状态记录下来，将来总结起来就是一篇好文章；与外宾们聊些国外的天南地北，整理以后又是一篇好文章，这样的大好事何乐而不为呢？

行行出状元，行行出君子，我认为搞旅游工作的同志，是聪明的人，只要好好干，在你们中间不难出状元，不难出诗人学者，不难出大旅游家。在大家的努力下，我国的旅游事业一定能兴旺发达，同志们也一定能取得成功。

（徐正平记录）

中国的园林艺术与美学

诸位都是搞美学的，我是搞建筑和园林的。当然建筑、园林也涉及美学，同美学的关系很深。但毕竟建筑、园林还是一个单独的学科。所以我只能从园林的角度，从建筑的角度，把自己学到的一点东西，提出来向诸位讨教，同诸位讨论，可能会讲许多门外汉的话，我是抱着学生的态度来的，我想大家是会原谅我的。

我今天只谈风月，与君约略话园林。

自从旅游事业兴起以来，世界上不少国家都在掀起一阵中国园林热。前年我去美国纽约搞了一个中国园林，那边就对我国园林推崇备至，影响很大。

现在大家都晓得中国园林好，漂亮。到底好在哪里？为什么漂亮？这个问题同美学关系很大。过去大家讲中国园林有诗情画意。一到花园就要想做诗画画。这诗情画意是怎么出来的呢？这同美学有关系，同情感有关系。过去我国有句话说"私订终身后花园，落难公子中状元"。为什么在后花园私订终身？为什么不在大门口私订终身？花园里有诗情画意，有情感。内因是根据，外因是条件，有这个条件就促进了他们的爱情。所以园林里有诗情画意。

对于中国人欣赏美的观点，我们只要稍微探讨一下，就不难看出，无论我们的文学、戏剧，我们的古典园林，都是重情感的抒发，突出一个"情"字。所以"私订终身后花园，落难公子中状元"，他们就在这个花园里有了情。中国人讲道义，讲感情，讲义气，这都同情有关系。文学艺术如果脱离了感情的话，就很难谈了。中国人以感情悟物，进而达到人格化。比如以园林里的石峰来说，中国园林里堆石峰，有的叫美人峰，有的叫狮子峰、五老峰，有各种名称。其实它像不像狮子呢？并不像。像美人吗？也并不像。还讲它像什么五老，并不像。为什么有这么多名称？这是感情悟物，使狮子、石头达到人格化。欣赏的是它们的品格。而国外花园中的雕塑搞得很像很像，这就是各个国家，各个民族的审美习惯不同。中国人看东西，欣赏艺术往往带有自己的感情，要加入人的因素。比如，中国的花园建造有大量的建筑物，有廊柱、花厅、水榭、亭子等等。我们知道一个园林里有建筑物，它就有了生活。有生活才有情感，有了情感，它才有诗情画意。"芳草有情，斜阳无语，雁横南浦，人倚西楼"。这里最关键是后面那句，"人倚西楼"。有楼就有人，有人就有情。有了人，景就同情发生关系。所以中国园林以建筑为主，是有它的道理的。原始森林是好看的，大自然风光是好看的，但大自然给人的美同人为的美在感情上就有区别。为什么过去中国造花园，必先造一个花厅？花厅可以接客，有了花厅以后，再围绕花厅造景，凿池栽树，堆叠假山。所以中国的风景区必然要点缀建筑物，以便于游览者的行脚。比如泰山就有个十八盘。登泰山开始，先要游岱庙，到了泰山脚，还有一个岱宗坊，过了岱宗坊还有大红门，再到中天门，中天门上去才到南天门。在这个风景区也盖了大量的建筑物。这样步步加深，步步有景。所以中国的园林和风景区，同建筑有着极为密切的关系。从美学观点看就是同人发生关系，同生活发生关系，同人的感情发生关系。

中国的园林，它的诗情画意的产生，是中国园林美的反映。我个人有这么个观点：它同文学、戏剧、书画，是同一种感情不同形式的表现。比方说，明末清初的园林，同晚明的文学、书画、戏剧，是同一种思想感情，只是表现的形式不同。明末的计成，他既是园林家，也是画家。清朝的李渔也是园林家，又是一个戏剧家。中国文化是个大宝库，从这个宝库中可以产生出很多很多不同的学问来。而中国文化又不是孤立的，它们互相联系，互相感染。可以说中国园林是建筑、文学艺术等的综合体。

中国园林叫"构园"，着重在"构"。有了"构"以后，就有了思想，就有了境界。"构"就牵涉到美学，所以构思很重要。中国好的园林就有构思，就有境界。王国维在《人间词话》中说，词要有境界，晏几道有晏几道的境界，李清照有李清照的境界。所以我就提出八个字："园以景胜，景以园异。"许多外国人来我国旅游，中国导游人员讲花园，讲不出境界。外国人看这个花园有景在里头，那个花园也有景在里头，有什么不同？导游人员就讲不出，他不懂得"园以景胜，景以园异"。我们造园林有一条，就是同中求异。同中求不同，不同中求同，即所谓"有法而无式"。"法"是有的，但是"式"却没有，没有硬性规定。我们有许多人造园，不是我讲笑话，就好像庸医，凡是发烧就用一个方子。如果烧不退，另外方子就拿不出来，这就说明他没有理论上的武装。有了园林的理论再去学习园林设计，那个园林才是好的。最近同济大学修了个花园，我回来一看就批评起来。我问："是哪个人叫你搞的？你把你造这个花园的理论讲出来，讲出来我服。好！你讲不过我就拆。为什么造这个建筑，为什么种那株树，你说服不了人，说明你没有一个理论。"我们有些风景区所以搞不好，就是这个原因。最近我到泰山去，泰山要造缆车。我说泰山是什么山？泰山是国家统一、民族团结的象征。是我们国家的山，民族的山，是风景区，是个国宝。你在那里搞个缆车，在原则上讲不通。我们知道，外国在旅游上有一条，叫旅游关系问题。一个是旅，一个是游。旅要快，游要慢。旅游是有快有慢。就好像我们在外头吃中饭一样，在国内吃饭，是等的时候多，吃的时候少。而在外国是吃的时间长，等的时候少。外国旅游也是旅的时间少，游的时间多。我们现在呢？泰山装上缆车，一下子就到泰山顶上，那么还游什么？我们是登山唯恐不高，入山唯恐不深。你这个缆车一装以后，泰山就不高了，根本违反旅游原则。另一方面，人家一游就跑了，我们还有什么生意买卖可做呢？这叫愚蠢之极。日本的富士山是他们的国宝，他们就不造缆车。日本人到中国来做生意，要造缆车，他们门槛很精。如果我们在泰山装缆车就上当了，就得不偿失。你们造缆车，就等于从上海到北京，坐上飞机一下子就到了，还搞什么旅游？

中国园林，各园都有不同的特点，不同的指导思想。做事情没有一个指导思想，就不能将事办好。比如上海最近有股风，搞绿化都喜欢在围墙边种水杉。好啊！围墙是为了防盗，墙里种水杉正好方便了小偷。古园靠墙，只种芭蕉不种树，就是这个道理。所以中国造花园，首先要立意。任何东西不立意不成。立意之后就要考虑如何得体。立意与得体两件事是联系起来的。造园也要讲究得体。大花园有大花园的样子，小花园有小花园的样子。苏州的狮子林，贝聿铭建筑大师去，他看了觉得不舒服，说这个花园是哪个修的？我说，你家的那个账房先生请来一些宁波匠人，宁波匠人造苏州花园，搞了一些大的亭子，大的桥，风格就不对，园林小而东西塞得多，这就不得体。苏州网师园有什么好？就是它得体，它园林小，亭子也造得小，廊子也造得小，看上去就很相称。现在有的男青年，穿得花枝招展，你讲他不好，他觉得蛮漂亮，你讲他好吧，实在不高明。齐白石老先生曾画过一只雄鸡，上面题了十个字："羽毛自丰满，被人唤作鸡。"用来讽刺他们，讥笑得很得体。有些人盲目学外国人，男的留长发，也不得体。理得短一点英俊一些有什么不好呢？所以，处事要因事制宜。造园要因地制宜。

园林的立意，首先考虑一个"观"字。我曾经提出过"观"，有静观，有动观。什么叫动观？动与静，是相对的，世界上没有相对论，便没有辩证法，就不成其为世界。怎样确定这个园子以静态为主呢？或者以动观为主呢？这和园林的大小有关系。小园以静观为主，动观为辅。大园以动观为主，静观为辅。这是辩证法，园林里面的辩证法最多。这样一来得到什么结论呢？小园不觉其小，大园不觉其大，小园不觉其狭，大园不觉其旷，所以动观、静观有其密切关系。我们现在的画，展览会里的大幅画，是动观的画。这种大画挂到书房里，那就不得体了，书房画要耐看，宜静观。

动观、静观这个原则要互相结合。要达到"奴役风月，左右游人"。什么叫"奴役风月"呢？就是我这个地方要它月亮来，就掘个水池，要它风来，就建个敞口的亭廊，这样风月就归我处置了。"左右游人"，就是说设计好要他坐，他就坐，要他停就停，要他跑就跑。说句笑话："叫他立正不稍息，叫他朝东不朝西，叫他吃干不吃稀。"这就涉及心理学、涉及美学。要这样做，就要"引景"。杭州西湖，有两个塔，一个保俶塔在北山，一个雷峰塔在南山，后来雷峰塔塌了，所有的游人，全部往北部孤山、保俶塔去了。后来我提出，"雷峰塔圮后（即倒了），南山之景全虚"，南山风景没有了。这就是说没有一座建筑去"引"他了。所以说西湖只有半个西湖。北面西湖有游人，南面西湖没有游人。

我建议重建雷峰塔，以雷峰塔作引景，把人引过去。园林要有"引景"把他"引"过去。所以，山峰上造个亭子，游客就会往上爬。"引景"之外呢，还有"点景"。景一点，这样景就"显"了。所以，你看，西湖的北山，保俶塔一点以后，北山就"显"出来了。同样颐和园的佛香阁一点以后，万寿山也就"显"出来了。不懂得"引景"，不晓得"点景"，就不了解园林的画意。还有"借景"，什么叫"借景"呢？"借景"就是把园外的景，组合到园内来。你看颐和园，如果没有外面的玉泉山和西山，这个颐和园就不生色了。他一定要把园外的景物借进来，比方说，一座高房子，旁边隔壁有花园，透过窗户，人家的花园就同自己花园一样。如果隔壁是工厂，就觉得不舒服，所以我们现在要讲环境美，这也要"借景"。还有呢？是"对景"。使这个景同那个景相映成趣。比如说今天讲课，我同诸位的关系，就是对景关系。园林讲对景，处世讲态度，"态度"也是对景，现在外面有些"小师傅"，好像"还他少，欠他多"，对景真不舒服。

动观、静观、点景、引景、对景，总的还在于"因地制宜"。"因地制宜"也是个辩证法，就是根据客观的条件来巧妙安排，比如说：园林的凹地就因它的低，挖成池子，那面的高地，就再增加其高度堆积假山。这叫做因地制宜。我们造园，就要因地而造成"山麓园、平地园、市园、郊园"等，山麓建的园，就要按山麓的地形来造园。

陕西骊山有个华清池，是杨贵妃洗澡的地方，它应该按山麓园布置高低。可是搞设计的那位大先生，却是法国留学生，他把地全部铲平，用法国图案式的设计，这样就不妥当了。所以说，"因地制宜"是相当重要的设计原则。造园先要懂得这许多原则，而这些原则在美学上是什么理论呢？我个人的看法，就是真，真就是美。不真不美，例如堆山，完全能表现出石纹石质，那才是美的。树木参差也是美。人也如此，讲真话是美，讲假话不美。矫揉造作，两面派，包括建筑上的虚假性装饰，如西郊公园的水泥熊猫，城隍庙池子里搞的水泥鱼，就不美！现在搞水印木刻，唐伯虎的画，齐白石的画，风格几乎一样，毛病就是不真，它不是作者自己的表现，而是雕刻人的手法。我们园林艺术要"虽由人作，宛自天开"。这就是"真"。外国有个建筑师说："最好的建筑是地上生出来的，而不是上面加上去的。"这句话还是深刻中肯。最好的园林确定哪里造一个亭子，哪里造几间廊子，这应该是天配地适，就是说早已安排好了的。这就是好建筑。最近对大观园争论很多，我讲，你们不要上曹雪芹的当呀！曹雪芹已经讲了，大观园洋洋大观，是夸张之词，对不对？硬拿着曹雪芹《红楼梦》来设计大观园，一设计就要三百亩地呀！所以上次《红楼梦》大观园模型展览会上，我就这么讲："红楼一梦真中假，大观园虚假幻真，欲究当年曹氏笔，莫凭世上说纷纭。"这就是《红楼梦》中大观园真中有假，假中有真。这个花园，有花园之意，无花园之实，它是一个园林艺术的综合品。所以，以虚的东西去求实的，就没意思！园林上的许多问题，不提到美学高度来分析，只停留在一个形式，这就是形式主义。中国园林是有中国的美学思想、文学艺术的境界。这个学问是边缘科学，涉及比较多的方面。一般说，我们看花园凡是得体的，都是比较好的花园。凡是矫揉造作的，就不是好花园。归结来归结去，是一个境界的问题。

我讲园林有法，而没得式，到底法是什么呢？因地制宜，动观静观，借景对景，引景点景，还有什么对比，均衡等许多手法。这许多手法，怎么具体灵活来运用它，看来是简单，而实际并不简单，说它不简单又简单，这如做和尚一样，有的人终身做和尚，做了一辈子，还没有"悟"道，不是真和尚。这里面有境界高与境界低的问题，园林艺术，对于设计的人来说吧，是水平问题。计成讲过一句话："三分匠七分主。"这句话不得了呀！说这是污蔑劳动人民，造个花园主人倒七分，匠人只三分，你站在什么阶级立场上讲话。其实，不是这个意思。他是说七分主，是主其事者，我们说主其事，是负责设计的人，匠呢？是工作者。设计人境界高，花园好。一本戏的好坏关键在导演。诸位都是美学老师，都是灵魂工程师，将来全国美不美均寄托在诸位身上。我主张美学要同实际联系起来，不要停留在黑格尔等许多外国的名词上。现在提倡美育，这非常重要，要唤起民众哟！

中国园林艺术很巧妙，它运用了许多美学原理。就拿花木种植来讲，主要是求精，求精之外适当求多。有一次我在上海园林局作报告，对局里的一些书记、主任说，你们向上级汇报，光讲十万、五万株苗木，这不说明问题。你们连一株小冬青也算一棵，听听数目不得了，实际起不了作用。中国园林的植树，要求精不求多，先要讲姿态好，尤珍爱古树能入画，这才有艺术性，才能有提高。多而滥还不如少而精。中国人看花，看一朵两朵。外国人求多，要十朵几十朵。中国人看花重花品德，外国人重色，中国人重香，这种香也要含蓄。有香而无香，无香而有香，如兰花，香幽。外国人的玫瑰花，香得厉害，刺激性重，这也是不同的欣赏习惯。

园林中，美的亭、台、楼阁，可以入画，丑的也可以入画，如园林中的石峰，有清丑顽拙等各种姿态，经过设计者的精心安排，均可以入画，这里就有"丑""美"的辩证关系。所以说园林艺术与中国古代美学思想、哲学思想有着紧密联系。有人喜欢游新园，这也是不在行。从前扬州人骂盐商，骂得好："入门但闻油漆香"——新房子；"箱中没有旧衣裳，堂上仕画时人古"——假古董。下面一句骂得凶，"坟上松柏三尺长"。我们现在有的花园"入园但闻油漆香，园中树木三尺长"。所以园林还要经过历史的经历。它太新也不好，要"适得其中"，这个"中"，在中国美学中很重要。孔老二讲："无过不及。"不可做过头，要"得体"，"得体"者就是"中"。所以中国园林的好，求精不求滥。比如讲"小有亭台亦耐看"，"黄茅亭子小楼台，料理溪山却费才"。黄茅亭子，设计得好，也是精品，并不是所有亭子造得金碧辉煌，才是好。"小有亭台亦耐看"。着眼在个"耐"字。所以说要得体，恰如其分。

中国园林艺术是以少胜多。外国要几公顷造一花园，中国造园少而精。"少而精"，就是艺术的概括和提炼。中国古代写文章精炼，五言绝句只二十个字，写得好。现在剧本中为什么一些对白这么长呀！他不是去从古代剧本中吸收精华，所以废话特别多。你去看《玉簪记》，"琴挑"的对白多么好，一个男的在弹琴，弹的是风求凰。女的问他："君方盛年，为何弹此无妻之曲？"回答是"小生实未有妻"，他马上坦白交代。女的接着说："这也不关我事。"好！这三句句子，调情说爱，统统有了。所以"精炼"这个手法是我们美学上、文艺理论上一个高度的手法。

园林中还有一个还我自然的问题。怎么叫"还我自然"，我们造花园，就要自然。自然是真，真就是美，我们欣赏风景区，就要欣赏它的自然。当然风景区并不是一个荒山，需要我们人工的点缀，这就涉及美学问题。什么样的风景区，就要加上什么样的建筑，当然包括点景、引景等这许多原则。搞得好，他是烘云托月，把自然的景色烘托得更美。我们要"相地"，要"观势"。从前的风水先生，他也要"观"，要"相"呢。你们知道，中国的名山大部分都有和尚庙，他也要"相地"也要"选址"。选地点，是有规律的，它是一个综合的研究。你看和尚庙，他选的地方一定有水，有日照，没有风，房子没有造，他先搭茅棚住在这里，住上一年之后，完全调查清楚之后才正式建造的。所以天下名山僧占多。他要生活，又要安静，他就要有一个很好的地点。所以选地非常重要，不但庙的选址，有名的陵墓的选址，也是这样。比如南京的明孝陵，风不管多么大，跑到明孝陵便没有风。了不起啊！跑到中山陵则性

343

命交关，风大得不得了，明孝陵望出去，隔江就是对景，中山陵就没有对景，所以过去好的坟墓，比如北京的十三陵，群山完全是抱起来的，因此选址很重要。

我主张在风景区搞建筑物，要宜隐不宜显，宜低不宜高，宜麓不宜顶，宜散不宜聚。要谦虚点嘛，不要搞个大建筑，外国人来，喜欢住你这个高楼大厦么？风景区搞建筑，如果不谦虚，要突出你个人，必然走向反面，搬起石头砸自己的脚，给人家骂。所以风景区搞建筑，先把老的公认为优美的建筑修好，大的错误就不会犯。我在设计的问题上，常常提出要研究历史，要到现场去，不看现址不行。你到了那里以后非得两只脚东南西北走一走，才能了解现场。因此不能割断历史，我们搞美学也不能割断中国的美学历史。不懂中国历史，又不了解今天，你不做历史的研究，不做一个调查，那就要犯错误。拿外国的当成神仙，会出笑话。你不明白中国美学体系，不明白中国美学特征，不明白中国人的思想感情，你拿洋的一套来论证，怎么行？我们要立足于本国，以其他做旁证。他山之石，可以攻玉。我们有中国的美学体系，中国的思想体系，中国之所以不亡，也在于此。所以我提倡要读中国历史，要读中国地理。如果不读中国历史，不读中国地理，将来就有亡国灭种的危险。

中国园林，除了建筑、绿化之外，还同中国的画，同中国的诗结合得很紧。画是纸上的东西，诗是文字上的东西，园林是具体的东西。把中国人的感情在具体的东西上体现出来，这就是中国园林了不起的地方。中国园林有许多是真山的概括，真山的局部，真山的一角。从山的局部能想象出整体，由真实的东西概括出简单的东西，这叫做提炼概括。一株树只看到一枝不看到整体，一个亭子只看到一角不看到整体。所以有假山看脚，建筑看顶的说法。此外，还有虚景。虚景就是风花雪月，随时间的转移而景有不同。春有春景，夏有夏景。中国园林是春夏秋冬、晦明风雨都可以游。说来说去就是要从局部见整体。你想要无所不包，结果是一无所包，你越想全就越走向不全。搞中国园林就得懂得这个道理。除了上面说的以外，园林还要借用其他文学，比如亭子的命题之类，来说明风景好坏。大明湖是"四面荷花三面柳，一城山色半城湖"。这两句题诗就点出了大明湖景致特点。所以园林的题词是点景。现在我真不懂，一个园林挂了很多画，比如上次我去苏州，一间外宾接待室挂了四件东西，一件是井冈山，一件南湖，一件延安，一件遵义。你这里是外宾招待所，还是革命纪念馆？还有苏州花园里挂桂林风景画，简直是笑话。园林里还要用什么风景画来烘托。中国园林是综合艺术，中国的园林是从中国文学、中国画中得来的。如果一个园林经不起想象，这个园林就不成功了。一个人到了花园里就会想入非非。想入非非好，应该允许人想入非非，如果不能想入非非，这个人就麻木不仁了。园林要使人觉得游一次不够以后还想来，这个园林就成功了。园林除了讲究一个树木姿态、假山层次，建筑高低之外，还讲究一个雅致问题。雅同审美有关系，同文化有关系。为什么青少年京戏、昆剧不爱看，因为我们的京戏、昆曲节奏慢，而青年人喜欢节奏强烈、刺激的，雅能养性，使人身处花园连烦恼都没有了。比如苏州网师园，我们游一次要半天，两个小青年五分钟就看完了。我有一次陪外宾，游了半天，他们越看越有味道。有许多东西他们不理解。你一讲他明白了，也觉得有味道了。真正对这个园林有所理解，才能把握美在哪里，这样导游人员才能像我们老师一样做到循循善诱。

　　一个园林有一个园林的特征，代表了设计者的思想感情，代表了他的思想境界。园林没有自己的特征，这个园林就搞不好。一所好的花园要用美学观点去苦心经营设计，这里构思很重要，它体现了人的思想感情、思想境界，对游人产生陶冶性情的作用。园林是一个提高文化的地方，陶冶性情的地方，而不是吃喝玩乐的地方。园林是一首活的诗，一幅活的画，是一个活的艺术作品。在杭州西湖，一些小青年穿个喇叭裤，戴副大墨镜爬到菩萨身上去拍照，真是不雅，配上菩萨那副光亮的面孔，有什么好看，这样还有什么资格去旅游。诸位是搞美学的，我不过是提供一些看法，供你们将来作文章，帮助呼呼呼吁。

"游"也是一种艺术，有人会游，有人不会游。我问一些人，你们到苏州，那里的园林好吗？他们说：差不多，倒是天平山爬爬，扎劲来。为什么叫拙政园，他连拙政园三个字都不知道，他不懂得游。游要有层次，比如进网师园，就要一道一道进去看，现在它开了后门，让游人从后门进出，就是不懂这个道理，因为他不了解园林以及古代生活情况、起居情况。

造园难，品园也难，品园之后才能知道它的好处在哪里，坏处在哪里。一九五八年，苏州修网师园，修好以后，邀我去，一看不行，有些东西搞错了，比如网师园有个简单的道理，这边假山，那边建筑；这边建筑，那边假山，它们位置是交叉的。现在西部修成这一边相对假山，那一边相对建筑，把原来的设计原则搞错了。园林上有许多原则，其实很简单，就是要处理好调配关系。所以能品园才能游园，能游园就能造园。现在造花园像卖拼盆，不像艺术建筑，这就是缺少文化，没有美学修养。

你们是搞美学的，要多写点评论文章，这有好处。比如我们看画，这幅是唐伯虎的，那幅是祝枝山的，要弄清它的"娘家"。任何东西都有个来龙去脉，有个根据。做学问要有所本，搞园林也要有所本。另外，我国古典园林是代表了它那个时代的面貌，时代的精神，时代的文化，这同美学的关系也很大。要全面研究园林艺术，美学工作者的责任也相当重。

一九八一年十一月全国高校美学教师进修班讲演记录稿

附录

《书带集》序

　　文章之道千丝万缕，谈文之书汗牛充栋。言其根源有二：天趣与学力。天趣者会以寸心，学力者通乎一切。所谓"近取诸身，远取诸物"。虽古今事异，雅俗情殊，变幻多方，总不外乎是。如车之两轮不可或离，而其运用非无轻重。逞天趣者情辞奔放，重学力者规矩谨严。文之初生本无定法，及其积句、成章，必屡经修改始臻完善，则学力尚已。盖其所包者广，耳目所接无一非学。此古人所以有"读万卷书，行万里路"之说也。

　　陈教授从周，多才好学，博识能文，与予相知垂二十年。中历海桑，顷始重聚，获观其近编散文集者，其间山川奇伟，人物彬雅，楼阁参差，园林清宴，恍若卧游，如闻謦咳，知其会心于文艺，所得良非浅已。尝谓艺苑多门，根柢是一。君建筑名家也。请即以之为喻。建章宫千门万户，目眩神迷，而其中必虚明洞达，始见匠心。文艺之各别相通，无乃类是。君题所居曰"梓室"，于焉撰述诗文，挥洒兰竹，得手应心，无往而非适矣。及其出行也，访奇考古，有济胜具，足迹几遍天下；其治事也，勤恳孜矻，不避艰阻。凡云窗雾阁，断井颓垣，皆立体之图绘也；朝晖暮霭，秋月春花，皆大块之文章也。天赋慧心与躬行实践，既已相得益彰，而命笔遣辞又俊得江山之助，吾观于斯编而益信。

君深知园林之美，更能辨其得失。兹集多载杂文，名以"书带"者，盖取义于书带草云。此草江南庭院中多有之，傍砌沿阶，因风披拂，楚楚有致。余昔吴下废园亦曾栽之。今不取兰蕙嘉名顾乃寄兴于斯小草者，弥见冲挹之素怀，君文章之业必将与年俱进矣。

俞平伯

一九八〇年十二月一日于北京

352

《春苔集》序

　　同济大学建筑系陈从周教授以其所著散文集《春苔集》行将付梓，封面由建筑家陈直生（植）先生为之题眉，以陈先生与我姓名相同，所学接近，常引起外界误会，嘱我为该书作序，并在其自序中再加说明，以资澄清，用心良苦，敢不从命。从周教授工诗文，擅丹青，建筑、造园无所不精；近年来并应聘两次赴美，参加造园设计任务，蜚声国内外，我国造园界之健将也。东坡尝谓"摩诘诗中有画，画中有诗"。我谓从周教授"诗中有园，画中有园"，诚当代之王摩诘也。我国造园艺术代有闻人，就中尤以诗人、画家为多，从周教授即其典型。我与从周教授缔交已二十余年，常于专业性会议讨论问题时，所见略同。平日亦当多鱼雁往返，交流意见，并常不辞辛劳，为我校阅著作，可谓造园界中志同道合，不易多得之挚友，不胜钦慕。

陈直生先生与我同名同姓，为我国著名建筑学家。当抗日期间，我在昆明云大任教时即经其清华同学潘光旦教授介绍，神交四十余年，钦慕久矣，但苦无缘相见，实深遗憾。一九八一年十月，应同济大学之聘，赴沪参加该校建筑系研究论文答辩会议时，承驾临见访，始获把晤，宛如久别重逢，一见如故，握手言欢，情同手足，相见恨晚。别时并承摄影留念，双方亲友闻之传为佳话。查生物分类，每一种名均用"二名法"，所谓二名法，每一种名，均以属名，种名及定名者姓名组成。我国知识分子自古以来，除名之外，均有"字"与"号"；例如孔子名"丘"，字仲尼；苏轼字"子瞻"，号"东坡居士"，以免雷同。至于人名，则姓名相同者殊不多见，即使相同，以其"字"与"号"，未必尽同，仍易查明。所幸我与直生先生即其一例，盖亦我国人名之"二名法"也。据从周教授函告，直生先生曾谓"靠你一本书，弄清两个陈植"，从周教授之为朋友谋可谓忠矣。

抑有不能已于言者，造园学为综合性独立科学，为艺术之一，与建筑学、园艺学、造林学、美学、文学等科学，均有密切关系，故其学会亦应独立于以上所列各科技学会之外，绝不能视为有关各种科学之附庸，故其学会应从速组织中国造园学会，以便集中力量，充分发挥其应有的作用，以为祖国国土美化及国内外人民享受服务。至于现在所谓园林学，实即造园学类型之一的造园学，其学会应为造园学会之中的协会之一。盖以含意不同，内容各别，绝不能作茧自缚，故步自封，与世隔绝，自我欣赏，长期停滞于造园初步的庭园阶段，而不思发展。深愿当此中央号召举国上下各条战线从事改革之际，有关同志应以国家及人民利益为重，踊跃参加改革洪流，掌握批评与自我批评的武器，将造园界目前存在问题，借改革之东风，将不合理的一切现象，一扫而尽，与先进各国携手并进。陈云同志"要讲真理，不要讲面子"的教导，对于此次的改革，具有深切意义，希望我国造园界同志，坚持真理，放弃面子，使我国新兴而有历史的造园科学，及其事业，通过改革，得以烟消日出，焕然一新，何幸如之！

    崇明　陈植（养材）识于南京，时年八十有五。

一九八三年三月三十一日

《帘青集》序

以书代序

从周教授吾兄:

惠书寄大著《帘青集》手稿及前后两札,皆已拜收,属为新集撰序,愧不敢当,自当勉力从命。兄文章如晚明小品,清丽有深味,不可草草读过;又如诗词,文中皆诗情画意也,更不可草草读过;又如听柳麻子说书,时作醒人醒世语,时作发噱语,然皆伤心人,或深心人语也。以如此之文,欲弟速速作序,立等无误,难矣哉。《帘青集》名甚雅,一如以往《书带》《春苔》二集;文如其人,兄人未变,诗情未变,画意未变,深情未变,真实真语未变,好古敏求未变,古道热肠未变……如此种种,或亦不能离题太远乎。弟忙甚,然每至夜深更静,一灯独对之时,明月低空,树影婆娑,则海内旧雨,想望中如对杯酌,如聆清言,兄尤为座中佳士也。犹忆一九七六年，时"文革"初罢，海内故旧零落，甚或存亡莫卜，弟正以兄为念，而忽得兄书，喜极欲泣，知兄仍在也。口号一诗云："思君万里转情亲，劫后沧桑剩几人；海上幸余陈夫子，书来赚我泪盈巾。"此实录也，不可不为兄言之。兄治建筑园林，治诗词，治书画，治昆曲，治考古文物，治种种杂学，皆能融会贯通，化而为一，所谓文武昆乱不挡，是为大家，是为人师，窃以为世之治学，有稗贩者，有读而不得者，有读而深得者，有百川汇海融而为一者，兄其后者乎？盖凡兄所著，皆绝去倚傍，独抒性灵，其为人为我，无复可分，自成一家言矣。夫治学而至此，几人可到？或屈指可数也。而兄复虚怀若谷，时有所待，如此襟怀，难矣哉！

顷兄荣膺美国世界建筑大师贝聿铭之聘，出任其顾问，贝先生真是巨眼，其目力竟连地球之彼端，然则贝先生亦人杰也。前闻偕贝先生赴苏州顾曲，弟不觉心动耳痒，惜车尘机声，无复可及，然亦佳话矣。

偶一动笔，便不能自已，奈何奈何，草草不尽。

即颂

教安

弟冯其庸拜上　一九八六年二月二日夜

《随宜集》序

　　"半窗风雪到吴门，已觉诗人费苦吟。一事报君忘未得，又劳岁暮定吾文。"这是一九八二年春节前，我为从周兄校阅第四、五两组《说园》后寄来的一首七绝。他的著作经我先读的还不止此，别看他的文笔清隽洒脱，其中甘苦，辄与我分尝，至今难于言述了。

　　今年秋末冬初，他两次给我来信。一是说："所著《随宜集》付印在即，知我者惟兄，速赐一序，只求点定。"一是说："弟以过于劳顿，上月（十一月）七日患缺血性中风入医院，现已痊可，不久可归家矣。《随宜集》已交出版社，唯待大序可排版，务乞速挥。"我一面庆幸他身体康复，一面深感其在病中，还念念不忘《随宜集》的序言。反使我下笔踌躇。因此我只想就他的品性与艺能方面，其他友人未经说过的随便说说。他对造园与顾曲具有浓厚兴趣，近年来醉心昆曲似尤甚于园林，像他的乡先哲祁彪佳。祁氏自称对造园有痴癖，著有《越中园林记》《寓山注》，文笔简约峭刻，是明末第一流散文作手。祁氏喜欢戏曲，平日所看的戏，都记在他的日记里；著有《平远堂曲品剧品》。从周兄谈戏曲的作品不多，但一篇《园林美与昆曲美》，著墨不多，把园林与戏曲串在一起，是小品论文的上选。至于园林论著，应该比祁氏完备深刻得多。他对游山有独到的见解，像他另一位乡先哲王季重。王氏一生仕途偃蹇，以放浪山水自遣，是为徐霞客心折的旅游前辈。王氏的诗文，独抒性灵，主张不拘体，不泥法，不蹈古，不逐今，以自发其性情之蕴。著有《游唤》和《历游记》，张岱评为："笔悍而胆怒，眼俊而舌尖。"他一生好谑，有人觉得他"滑稽太甚，有伤大雅。"从周也爱说笑话，有时还要骂人，如禅宗之棒喝，收激浊扬清之效。凡此种种，两人无不相合。从周兄一生行事，不违心，不牟利，清廉自奉，置身于当今之世，实在难能可贵，与两人风节相似。

近年来，他常有一语，挂在文章上口头上，曰"还我自然"。此乃有感当前园林胜迹的修复与营构，无不喜大求全，矫揉造作，破坏了自然景观，而深恶痛绝。这又使我联想到法国启蒙运动思想家卢梭写的《科学与艺术复兴是否有助于敦化风俗》一文，痛斥所谓文明、科学和艺术的虚伪和伤风败俗，从而阐明道德的重要，提出"返回自然"的口号，与从周兄的"还我自然"说，托旨不同，含义实一。他近几年来所写卮言小品，已行世的有书带、春苔、帘青三集，就集子命名看，托兴于莓苔小草，例如他在文章中常引的"兴阑无洒扫，随意坐莓苔""苔痕上阶绿，草色入帘青""绿满窗前草不除"等等，这是唐代诗人与宋以来理学家所向往的最高境界。推进一层，也即"还我自然"之意。此集的名曰《随宜集》是把这一境界的内涵点破，怡情适性，随心所欲，无往不宜。一言以蔽之，还是归结到"还我自然"的命意。鄙见如是，不知搔到痒处否？

王西野

一九八九年于坝上小楼

《世缘集》序一

　　余识从周，垂五十年。时秋津搆祸，虫沙载路，淞滨一隅，瓯脱之地，流人所萃。之江大学亦避地迁校，至慈淑大楼开讲。余因老友夏瞿禅（承焘）之介，得交从周。从周，瞿禅高第弟子也，工倚声，宗法天水，不落曼殊圈缋。诵其发布于之江集刊中之作，雅音落落，惊为词苑之射雕手，不意其后乃为建筑学大师之名所掩也。时余年未中身，君则白袷翩翩，似过江人物。继知君原籍绍兴，与余从伯母萧山受兹老人为浙东同乡，且为戚属，余与从周，谊亦盘互加深矣。风尘久别，赤明换纪，余拥皋比于苏州大学，从周都讲同济大学，因园林事恒莅苏，每过访清谈以为乐。甲寅春，君在宣城山中物色到佳材，亲手制为梅花杖，倩红学家吴恩裕先生题字，雕刻名手画家戴行之镌刻，并媵以红梅画幅相贻，我赋《宣城梅花杖引》及绝句三首报谢。此杖成为我斋中一宝，见者无不惊羡。无何，从周又滞沪不复赋吴趋行，二人踪迹又阻，余性嵇懒，并笺问亦疏矣。君顷乃以所著《帘青集》《随宜集》诸杂文集寄示，并以《世缘》一集，诿命序。余反复洛诵，乃大叹服，从周盖杂文家之雄杰，而余但品其为词人，隘矣。

夫杂文，杂家言也。杂家者流，《汉书·艺文志》中列为先秦九流十家之一，乃学派之专称，非庞杂无纪者可伦比，所谓"杂家者流，盖出于议官，兼儒墨，合名法，知国体之有此，见王治之无不贯，此其所长也。及荡者为之，则漫羡而无所归心。"今从周之杂文集，得先秦杂家之髓，而非荡者之所为也。其翘然特异之处，不徒文笔之潇洒冷隽，兼典午《语林》、明人小品之长，尤可贵者，其内涵乃至博无涯，自哲理、美学旁及顾曲、园林、掌故、书画、琴棋、盆景甚至世态百状无不该。余至是而益叹从周为学之邃且广，备众长而渗透沟通，融为一冶。恩格斯在《致约·布洛赫》书中阐说上层建筑"一切因素之交互作用"，又在《致符·博尔吉乌斯》书中论及"政治、法律、哲学、宗教、文学、艺术之发展"时，指明其"又都互相影响"之理。从周杂文，深通其邮。不宁唯是，即于形而下者之器，亦恒发明其与上层建筑间关联之理，此岂小言戋戋者所能措手哉！至于从周杂文之主旨，更在于育人淑世，语重心长，时亦皮里阳秋，振聋发聩，非仅供人茶香酒熟时作尘谈之资而已。以视明末清初张岱之伦之小品文，世代不同，涵蕴斯异，此不足与寋若囚拘者道也。

从周既多才艺，逸笔写生，兰竹松梅俱绝妙，每以小幅赠予，为寒酸书屋生辉。余七十生辰时，同门王瑷仲（蘧常）书寿联赠余，余适游沪趋访，见联展于地，墨渖尚未干。余狂喜，欲取以归。瑷仲不许，谓联为素色宣纸，非祝寿所宜，当物色彩笺重书相寄。瑷仲书名重海内外，东人颂为当代王右军。余不顾其阻，攫取以行。从周访余时见之，谓此无碍，吾为之以碌笔补竹枝可也。取去不久，既补竣并装裱以来，余得兹王书陈画双绝，珍如拱璧。瑷仲旋以粉红色洒金笺重书者寄苏，联语缩短，终不如前书者之初揭黄庭矣。其后余年八十。从周复绘黄山松侑觞，是皆寒斋镇库之宝，亦我二人文字因缘之证也。从周画兰竹称绝技，他人得其兰竹，常有倩余题诗者，余亦乐为之。

从周广交游，苔盟遍海内外。余则不然，不出户不知天下。于从周亲炙之人中，瞿禅外，王瑷仲、张大千、吕贞白诸君，则余之同学或素识也。逝波密移，今已有人琴之怵。读从周此集，诚"感不绝于余心"矣。余不擅为小品文，下笔落六朝偶体及桐城古文窠臼，褒衣大袖，正襟危坐，面目可憎，语言无味。今虽略知自放，而宿习难湔，故吾未改。为从周斯集引喤，岂能道其甘苦疾除之数，知不免佛头着矢之诮矣。姑妄言之如此。"如人饮水，冷暖自知"，斯有待于读者之钻味也。

辛未仲秋，八十四叟钱仲联于攀云拜石师竹之室

《世缘集》序二

写序老实说，贵在相知，相知真、相知深，则序不作敷衍、应酬话，不然纵使是超级名人，也很难说出真切的话来。从周兄让我给他的第五本散文集写篇序，自然不是因为我是什么名人，而是知道我对他知道得较深，较真，不会在序中作敷衍应酬话，而能说几句普普通通的诚恳话。我想这是他找我写序的主要原因。

从周教授是古建筑专家，是园林艺术专家，是名教授，但在近十多年的过从中，他既未以专家、名教授自居，我们也从未以专家、名教授对他，只是觉得大家都是谈得十分投契的朋友，而且有着许多共同的爱好，在一起的时候，总是有话可谈，而且越谈越高兴，似乎永远说不完一样，古人所说的朋友之乐大概就在于此吧。他多才多艺，建筑园林专业之外，作画写文、莳花拍曲，而且熟人还知道，他另有一项绝技，就是还会用藤根树枝，制成名贵的手杖。由古建筑到制手杖，都是与木头打交道，因之他自号"梓人"，名其室曰"梓室"。这是见于《周礼·考工记》的辞语，"梓人"者，木工也。他以木工自名，也以木工自居，这是他的本色。是见道之语。

他写文章，是余事，又是正事。他的散文，有才情，有文采，更重要的是有感情，有真实的喜怒哀乐。"诗言志，歌永言"，如果说写文章有载道派、有言志派，那么他的文章是言志派的，即心中的真实感情，喜怒哀乐，激动着他想用文字表达出来，所以他的文章是写出来的，不是"作"出来的、"编"出来的；是随笔式的，不是说教式的、口号式的；是有感而发的，不是无病呻吟的、装腔作势的。我不知读过他多少篇随笔式的短文，感到有的像溪涧涓涓细流，有的像小池明澈的秋水，自然有的也像檐头淅沥的苦雨……这些都能湿润读者的心田。他不是江河、不是大海，我想他从来也不想作江河、大海。如果真从一滴水可以见到海洋的话，那他每一篇短文都是一滴水，是中国文化大海中的一滴水……

他的散文，记游踪、说名胜、谈园林、言昆曲，甚至思念大饼油条，情之所钟，无一不围绕着神州传统文化。其实这是综合的，是一种熏陶，是一种气氛，是一种与生命具存的禀赋。他是一个有脾气而又天真的人，眷恋着传统文化，护卫着传统艺术气氛，他在文字中执着地表现着这点，读他的散文，不只可以感受到南北名园的清幽，似乎也听到拍曲的抑扬清韵，闻到本山茶叶的袅袅清香，绍兴加饭的醇厚酒味……即使在你肚子并不太饿的时候，似乎也可闻到新出炉的大饼的芝麻焦香，剥开来看到那冒出的一缕白气……但当新的愚昧、无知、粗暴拗曲与摧残了这些，陈腐发酵的劣质面包代替了新出炉的大饼、满嘴喷着腥臭啤酒与饮料泡沫的新潮式群氓再不解浅酌低唱时，他文中在表现了气愤之余，也感到莫名的哀愁与寂寞了。我在读了这些短文后，不免也有同样的感会。今年六月间，我去新加坡出席了"汉新研究之回顾与前瞻国际会议"。国际汉学自是以中国本位文化为基础为根本的，看来现在还是过渡时期，本位文化的新发展前瞻于新世纪新的未来。从周教授散文的韵味，亦将散芬芳于未来了。这是我的预测，也是我的祝愿。

辛未重阳　邓云乡

编后

杂文家陈从周

李天扬

陈从周先生，我只见过一次。

那是 30 多年前，我进复旦读书不久，陈先生来开讲座，当时我对园林和古建筑不甚了了。陈先生名气大，便和同学陈颂清一起去听了。对陈先生的道德文章，颂清比我知道得多。陈先生讲了些什么，自然是不记得了。记得的，有二：一是陈先生喜欢讲笑话；二是陈先生的《说园》刚刚出版，现场签售。陈先生笑着说，因为书中英文门同刊，也为大家用中文和英文签两个名。书的定价为四·九五圆（版权页如此印），我嫌贵，没买。当时，父母给我的一个月生活费，才 30 元，花六分之一买一本书，太奢侈了。但这一次错失，让我后悔许久。《说园》，是陈先生的传世之作，无论再过多久，要研究或了解中国园林，这本书是绕不开的。《说园》后来出了很多版本，长销不衰，但我觉得，1984年同济大学出版社出的这第一个版本，最好。工作以后，我在书店寻觅多年，终于买到了这本书，但陈先生的签名，却得不到了。

对陈从周先生的了解、崇拜，是随着读他的书，日积月累的。陈先生的那五本自编文集，我是出一本追着买一本，《书带集》《春苔集》《帘青集》《随宜集》《世缘集》，五本书，从书名到开本，从封面到装帧，都是那么可喜。当然，最好看的，是陈先生的文章。我以为，陈先生作为园林大家，名气太响了，他在文章上的造诣，被忽视被低估了。何以见得呢？陈先生的书，几十年来出了不少，可是，这五本集子，除《书带集》外，都未再版过，实在是可惜。

一晃，就是30年。2018年秋，纪念陈从周先生诞辰100周年之际，因石建邦兄之介，我有幸登名堂入梓室，走进陈先生在同济新村的故居。陈先生的长女陈胜吾女士热情接待，给我们看先生的藏书和遗物，真是大饱眼福。出书，是对陈先生最好的纪念，我提了将五本书成套出版的建议。胜吾女士同意。同座的上海书店出版社副总编辑杨柏伟兄当即表示由他来出。当年一本一本追着买陈先生集子的我，万想不到，30多年后，可以由自己来促成这五本书的成套再版。

在校读书稿时，我猛然发现，陈从周先生，还是一个了不起的杂文家，于是，生出了编一本《梓室杂文》的念头来。

陈从周先生，自号"梓人""梓翁"，也就是木匠的意思，写文章戏谑，称自己为"大饼教授"。洒脱如此，是不会在乎头上多一顶还是少一顶冠冕的。他被称为园林大师、古建筑学家、书法家、画家、诗人、词人、散文家，皆当之无愧。称陈先生为杂文家的，其实不是我的发明，有两位比陈先生更老的老先生说过这个意思。

一位，是俞平伯先生。他在《书带集》的序里，说过这样的话："兹集多载杂文，名以'书带'者，盖取义于书带草云。"

如果说，关乎此，俞先生是一笔带过的话，另一位老先生，则作了详细的论述。他，就是钱仲联先生。钱先生在《世缘集》的序里说："从周盖杂文家之雄杰。"他还论述了中国杂文的源流："夫杂文，杂家言也。杂家者流，《汉书·艺文志》中列为先秦九流十家之一，乃学派之专称，非庞杂无纪者可伦比，所谓'杂家者流，盖出于议官，兼儒墨，合名法，知国体之有此，见王治之无不贯，此其所长也。及荡者为之，则漫羡而无所归心。'"鲁迅先生在《且介亭杂文》的自序里说"其实，'杂文'也不是现在的新货色，是'古已有之'

的。"沪上著名杂文家吴兴人先生著有《中国杂文史》，据他考证，最早为"杂文"列名者，是南朝刘宋时人范晔。他在《后汉书·文苑传》中列有"杂文"一项。而刘勰在《文心雕龙》里专门写了《杂文第十四》一章，曰："智术之子，博雅之人，藻溢于辞，辞盈乎气。苑囿文情，故日新殊致。"指出杂文是一种具有特殊风格的文体。当然，严格来说，刘勰说的杂文，与今天通常意义上的杂文，不是一回事。吴兴人先生的著作将先秦至当今的中国杂文之流变，作了详尽的梳理。有兴趣的朋友不妨一读。先按下不表。再来看钱先生是如何评说陈从周先生的杂文的。钱先生先是"检讨"说："君顷乃以所著《帘青集》《随宜集》诸杂文集寄示，并以《世缘》一集，诿命序。余反复洛诵，乃大叹服，从周盖杂文家之雄杰，而余但品其为词人，隘矣。"在论述了杂文的源流之后，便大加称赞陈从周先生的杂文："今从周之杂文集，得先秦杂家之髓，而非荡者之所为也。其翘然特异之处，不徒文笔之潇洒冷隽，兼典午《语林》、明人小品之长，尤可贵者，其内涵乃至博无涯，自哲理、美学旁及顾曲、园林、掌故、书画、琴棋、盆景甚至世态百状无不该。余至是而益叹从周为学之邃且广，备众长而渗透沟通，融为一冶。""从周杂文，深通其邮。不宁唯是，即于形而下者之器，亦恒发明其与上层建筑

374

间关联之理，此岂小言戋戋者所能措手哉！至于从周杂文之主旨，更在于育人淑世，语重心长，时亦皮里阳秋，振聋发聩，非仅供人茶香酒熟时作尘谈之资而已。"

如是，杂文家陈从周，如假包换了。

那么，陈从周先生会如何看待这个称呼的呢？我想，他一定是喜欢的。有文字为证。有时，他说别人叫他"杂家"；有时，他也自称"杂家"。且看陈先生的夫子之道：

"我欢喜听说旧书，看京昆戏，与民间老人们促膝长谈，我在这些不同的场合中，我学到很丰富的民俗文化，人家叫我做'杂家'。"

"余陋学，学无所成，唯涉猎较多耳。"

"我原是文科出身，四十多年来做了大学建筑系教师，要我说我读的书，我仅仅是一个读杂书的杂家而已。我不是靠一本书吃一辈子的人，也无法说哪一本书是我的秘本，我只能说我喜欢，有兴趣。"

"我为什么写作？回答很简单，为情造文而已。我思想很杂，敏感不强，凭一点本能与没有埋没了的良心，在情难自已时，不免就要写作了，不论学术文也好，记景文也好，抒情文也好，决不无病呻吟，故作姿态，因为我不以作家自居，赏心只有自家知，那种自我陶醉，算是一乐！"

375

"多余的话"。

二、选文范围。大多选自前述之五册自编文集，另外补充了数篇先生在上海三大报上发表的文章。值得一提的是，最新的一篇，题为《园林分翠话西州》，发表于2018年11月29日的解放日报副刊《朝花》，两天前，恰是陈从周先生百年诞辰。这篇文章是陈先生的小女儿陈馨女士在整理父亲材料时发现的，写于1980年春，乃从未发表、也未曾在全集和著作中收录过的佚文。我特将此文选入，以志纪念。

三、文章结尾处的日期，皆陈从周先生所标的写作时间。由报纸上选的文章，则标明发表日期和报纸名称、版序。

四、全书分"说园""话景""议游""谈城""论世""传道"六辑。以"说园"开篇，自然是借此向陈从周先生致敬。前四辑，分别谈论的是园林艺术、风景名胜区管理、旅游问题和城市规划，皆在陈先生的专业范围之内，而"论世"一辑，数量最大，从写法上看，也最符合狭义的杂文标准，这些杂文，议论风生，话题广泛，从大饼油条到传统文化，可谓包罗万象。

五、"传道"一辑，收录的不是严格意义上的文章，而是陈从周先生的演讲记录。为什么要收这些演讲呢？首先，陈先生将之收入文集，自然是把它们当自己的文章来对待的；其次，这些演讲妙趣横生，"谬论""痴语"俯拾皆是，堪称"口头杂文"；其三么，是我还存着一点私心。因为我与先生的唯一一次见面，就是聆听他的演讲。读这几篇文字，就仿佛见到了活生生的陈先生。我甚至试着用绍兴官话读出声来，亲切极了。

六、附录部分的六篇序文，前面已经交待了，不赘。

如前所述，陈从周先生是不会在乎"作家""杂文家"之类的头衔的。那，我为什么还要写这样一篇文章、编这样一本书呢？陈从周先生固然在自己的专业领域卓然成家成就卓著，固然情趣高雅涉猎广泛，我们泱泱大国，如此内外兼修的高人，还是颇有一些的。然而，能像陈从周先生这样，在自己的专业之外，写了大量杂文，关注民瘼，为民立言，大声疾呼的大学者、大教授，就寥若晨星了。这，就是"大饼教授"陈从周先生作为一位知识分子的伟大之处，也是陈从周杂文的意义所在。

最后，感谢陈胜吾，陈馨两位老师俯允，并放手让我按自己的浅见来编这本集子。感谢上海三联书店慧眼识得从周先生文格之高，让这本书顺利出版，令梓室杂文"散芬芳于未来"（邓云乡先生语）。

二〇二〇年五月八日初稿
二〇二一年六月八日改定

图书在版编目（CIP）数据

梓室杂文/陈从周著；李天扬编. —上海：上海三联书店，2022.10

ISBN 978-7-5426-7868-3

Ⅰ．①梓… Ⅱ．①陈…②李… Ⅲ．①杂文集-中国-当代 Ⅳ．①I267.1

中国版本图书馆 CIP 数据核字（2022）第 171453 号

梓室杂文

著　者 / 陈从周

编　者 / 李天扬

责任编辑 / 姚望星

装帧设计 / 徐　徐

监　制 / 姚　军

责任校对 / 王凌霄

出版发行 / 上海三联书店

（200030）中国上海市漕溪北路 331 号 A 座 6 楼

邮　箱 / sdxsanlian@sina.com

邮购电话 / 021-22895540

印　刷 / 上海展强印刷有限公司

版　次 / 2022 年 10 月第 1 版

印　次 / 2022 年 10 月第 1 次印刷

开　本 / 787 mm×1092 mm　1/32

字　数 / 156 千字

印　张 / 12.25

书　号 / ISBN 978-7-5426-7868-3/I·1790

定　价 / 78.00 元

敬启读者，如发现本书有印装质量问题，请与印刷厂联系 021-66366565